T0107972

LA LISTA DE MR. MALCOLM

Suzanne Allain

La lista de Mr. Malcolm

Traducción de Pura Lisart e Isabella Monello

ESPASA

Obra editada en colaboración con Editorial Planeta – España

Título original: *Mr. Malcolm's List*

© 2009, 2020, Suzanne Allain

Publicado de acuerdo con Berkley, un sello de Penguin Publishin
Group, división de Penguin Random House LLC

© 2022, Traducción: Traducciones Imposibles
(Pura Lisart e Isabella Monello)

© 2022, Editorial Planeta, S. A. - Barcelona, España

Derechos reservados

© 2022, Editorial Planeta Mexicana, S.A. de C.V.
Bajo el sello editorial ESPASA M.R.
Avenida Presidente Masarik núm. 111,
Piso 2, Polanco V Sección, Miguel Hidalgo
C.P. 11560, Ciudad de México
www.planetadelibros.com.mx

Primera edición impresa en España: marzo de 2022
ISBN: 978-84-670-6526-8

Primera edición impresa en México: abril de 2022
ISBN: 978-607-07-8631-0

Si necesita fotocopiar o escanear algún fragmento de esta obra
diríjase al CeMPro (Centro Mexicano de Protección y Fomento de los
Derechos de Autor, http://www.cempro.org.mx).

Impreso en los talleres de Litográfica Ingramex, S.A. de C.V.
Centeno núm. 162-1, colonia Granjas Esmeralda, Ciudad de México

Impreso en México – *Printed in Mexico*

A mi marido, un caballero de lo más quisquilloso,
que tomó una decisión excelente

1

El honorable Mr. Jeremy Malcolm, segundo hijo del conde de Kilbourne, era el soltero de oro de la temporada de 1818, año de nuestro Señor. Bien era cierto que no poseía título propio y tan solo se trataba del menor de los hijos, pero su tía por parte materna le había dejado la mayor parte de su cuantiosa fortuna y una enorme casa de campo en Kent.

Disponía asimismo de un patrimonio personal por el que valía la pena recomendarlo. Solo las más ambiciosas damiselas pasarían por alto al apuesto Mr. Malcolm en pro del marqués de Mumford, quien tendría al menos cincuenta años y carecía de barbilla, por el mero privilegio de escuchar a la gente referirse a ellas como «milady».

¿Qué clase de mujer preferiría que la llamaran «milady» cuando podía disfrutar del exclusivo honor de ser Mrs. Malcolm?

Sin embargo, empezaba a parecer que ninguna mujer disfrutaría jamás de aquel inconmensurable privilegio.

Y todo porque, aunque no era un ermitaño, ni mucho menos, y asistía al club Almack, además de a muchos otros bailes, festejos y asambleas, Mr. Malcolm se estaba labrando la reputación de frívolo, rompecorazones y destructor de los sueños de las jovencitas.

—¿El qué? —le preguntó Malcolm a su amigo lord Cassidy cuando este le reveló el mayor rumor que circulaba sobre su persona.

—El destructor de los sueños de las jovencitas —repitió Cassie pronunciando lenta y cuidadosamente.

—Sandeces —contestó Malcolm mientras se giraba para escudriñar el salón de baile y observaba a una hermosa debutante en concreto.

—Quizá los rumores sean ciertos. Llenaste de atenciones a mi prima Julia y ahora llevas una semana sin dignarte a presentarte ante ella.

Malcolm se dio la vuelta para contemplar a su amigo con una ceja levantada.

—Acompañé a tu prima a la ópera. Una vez. No la llené de atenciones.

—Lo que ocurriera en realidad no viene al caso. Lo que importa es lo que habla la gente. ¿Y sabes en qué posición dejó a Julia que no volvieras a ponerte en contacto con ella? Se pasó dos días enteros encerrada en su alcoba porque no quería ver a nadie.

—Si eso constituye un comportamiento habitual de Miss Thistlewaite, entonces no tiene motivo alguno para quejarse cuando la gente la critique.

Cassie no contestó, dejó que su silencio hablara por sí solo. Dibujó una expresión herida en el rostro y, aunque Malcolm defendía a capa y espada a su amigo siempre que se comentaba lo mucho que se asemejaba a un sabueso, no pudo negar que el parecido era particularmente innegable cuando este se enojaba.

—Siento de veras que tu prima se haya convertido en el blanco de habladurías, Cassie. —Los enormes ojos castaños continuaban mirándolo fijamente llenos de reproche—. Mi intención no era afligirla, pero tampoco pienso pedirle la mano en matrimonio a una mujer por el mero hecho de haberla llevado a la ópera.

—Nadie dijo que tuvieras que hacerlo —recriminó Cassie.

—Quizá no, pero es lo que quieren. ¿Qué sueños son los que se me acusa de destruir? Los de desposarse con el «soltero de oro de la temporada» con mi fortuna y patrimonio en mente. La única forma que tengo de cumplir con las numerosas expectativas que he suscitado es convertirme en polígamo. Solo con que hable con una joven dama, ella ya está imaginándose caminando hacia el altar.

—¿Y por qué no eliges a una muchacha y le pones fin a todo esto? —inquirió su amigo.

—¿Por qué crees que he venido esta noche? Quiero encontrar a una esposa adecuada a toda costa.

—¿Qué tiene de malo Julia? En general todos comentan que es una muchacha hermosa —replicó Cassie, aunque apenas podía mirar a su amigo a los ojos. Julia había coaccionado a su primo para que descubriera qué había hecho para granjearse el desagrado de Malcolm. Cassie trataba de cumplir con su deber como primo al sugerir a Julia como una pretendienta apropiada, pero se sentía incómodo al hacerlo. Él sabía mejor que nadie lo irritante que podía llegar a ser.

—Tu prima es sin duda hermosa —aseguró Malcolm—, pero no es la muchacha indicada para mí.

—¿Por qué no? —insistió Cassie.

—Lo desconozco —reveló Malcolm mientras se encogía de hombros—. Pestañea demasiado.

—¿Qué? ¿Que pestañea demasiado? ¿Acaso es esa la razón por la que no volviste a hablar con ella?

—Era muy molesto. En varias ocasiones llegué a pensar que se estaba quedando dormida. Una vez me pareció que estaba a punto de desvanecerse, así que la agarré del brazo. Eso sí hizo que abriera los ojos en un santiamén. Creo que pensaba que el aleteo de sus pestañas me había incitado a pedirle matrimonio.

Cassie sacudió la cabeza, esos ojos caninos suyos expresaban su decepción.

—No me mires así, Cassie. No fue la única razón que me empujó a descartar a Miss Thistlewaite.

Malcolm metió la mano en el bolsillo de su chaleco y sacó un trozo de papel. Lo desdobló mientras Cassie intentaba echar un vistazo por encima de su hombro. Le pareció que se trataba de una especie de lista. Malcolm la estudió con detenimiento mientras su amigo se esforzaba por ver lo que decía. Pudo leer «que posea talento musical o artístico» y «que tenga parientes refinados» antes de que Malcolm agitara el papel de forma triunfante ante su rostro cuando dio con lo que estaba buscando.

—Aquí lo tienes. El número cuatro: «Que converse de manera juiciosa». La única clase de conversación de la que goza Miss Thistlewaite es la que solo se compone de comentarios coquetos o cumplidos pomposos. Cuando le pregunté qué opinión le merecían las Leyes de los Cereales, me contestó que moderar la dieta tenía sin duda un efecto saludable.

Cassie no mostró diversión alguna al enterarse de la metedura de pata de su prima. Cambió de tema de forma apresurada, como si no quisiera verse involucrado en una tediosa discusión política.

—¿Qué es eso, Malcolm? ¿Es una lista? —Cassie trató de quitársela de la mano, pero Malcolm la dobló con premura y la devolvió al bolsillo de su chaleco.

—Así es.

—¿Redactaste una especie de lista de las cualificaciones que necesita una esposa? —preguntó Cassie con la voz más aguda de lo normal.

—Sí, ¿y?

—Pues que, en mi opinión, resulta tremendamente arrogante por tu parte. No me sorprende que no puedas conformarte con nadie. Quieres que cumplan con una serie de requisitos, como, como... un caballo pericón que estás comprando en las subastas de Tattersalls.

Malcolm aprovechó la analogía de su amigo.

—Exacto. Dispongo de requisitos muy explícitos en lo que a abastecer mi establo se refiere. ¿Por qué no debería tener condiciones incluso más estrictas para una esposa? Es completamente absurdo pasar más tiempo examinando un caballo que una esposa, una compañera de por vida que verás mañana, tarde y noche.

Como Cassie constituía ese arquetipo de hombre inglés que consideraba a su caballo un compañero de vida al que ver cada mañana, tarde y noche, era posible que el argumento de su amigo no hubiera causado el impacto deseado. Se limitó a murmurar:

—Antes de lo que crees, la estarás poniendo a prueba y comprobando el estado de sus dientes.

Tras la conversación con Malcolm, Cassie evitó a Julia durante casi una semana, pero, una vez recibió su tercera misiva, se presentó en casa de su tía. En su carta, Julia declaraba sus intenciones de visitarlo ella misma sin acompañante y él sabía de sobra que su prima era lo bastante impulsiva para implicar a ambos en un escándalo si la importunaba lo suficiente.

Esperó a Julia en el salón mientras miraba a su alrededor con desaprobación. Todo era de una elegancia impoluta, pero su tía había llevado demasiado lejos su empeño en seguir la reciente afición del príncipe regente por el estilo chinesco. Cada sillón o reposabrazos estaba adornado con una cabeza de dragón, y había un mueble repleto de porcelana, animales de cerámica vidriada y piedras esculpidas. Estaba examinando de cerca una pieza de arte, una estatuilla de un león con la boca completamente abierta en una sonrisa agresiva, cuando su prima le habló al oído.

—No muerde, ¿sabes?

Se sacudió con violencia debido al sonido de su voz, y ella se rio al ver el éxito de su sorpresa.

—Tienes los modales de una pescadera de Billingsgate —dijo él mientras esperaba que su prima se sentara antes de intentar doblar su cuerpo desgarbado en una de las incómodas sillas.

—Es imposible que lo sepa, pues no me mezclo con plebeyos como haces tú. —Acalló con una mano su réplica indignada y dijo—: No te preocupes, no le contaré a nadie que te intimida tanto una pieza de porcelana. —Cassie empezó a tartamudear otra vez, pero Julia se apresuró a ir directo al grano—. ¿Qué dijo Mr. Malcolm? Me prometiste que hablarías con él en el baile de lord Wesleigh y no he sabido nada de ti desde entonces.

Cassie contempló a su prima irritado; maldecía su suerte por obligarlo a estar emparentado con una muchacha así de egoísta y malcriada. Ninguno de ellos tenía hermanos y solo se llevaban unos años, por lo que sus padres los habían forzado a hacerse compañía el uno al otro desde la infancia. La disposición conciliadora y tolerante de Cassie no era rival para la naturaleza contundente de Julia, así que desde una temprana edad se había acostumbrado a acceder a todas y cada una de las barbaridades que esta le exigía. Julia había sido una niña bonita que se había convertido en una hermosa mujercita con cabellos caoba, ojos color verde claro y rasgos delicados. Sus aires de fragilidad inocente todavía conseguían ocultar su verdadera

15

personalidad a la mayoría de la gente, pero a Cassie no podía engañarlo. Su prima no tenía nada de frágil.

—¿Y bien? —preguntó tamborileando los dedos con impaciencia sobre la cabeza de un dragón.

—Pues verás, Malcolm estuvo de acuerdo en que eras una muchacha hermosa...

—¿De veras? —inquirió Julia con una expresión de plácida sorpresa en su rostro—. Eso son buenas noticias. La verdad, pensaba que lo había disgustado de algún modo. Son mejores noticias de lo que esperaba...

—Espera —intervino Cassie interrumpiendo así su júbilo—. No está interesado en ti en absoluto.

Cassie no tenía intención de hacer una declaración así de terminante y sintió una punzada de culpa cuando el rostro de su prima se descompuso. No soportaba ver llorar a ninguna dama, con lo que se apresuró a prevenir las lágrimas que le pareció ver acumuladas en sus ojos.

—Tiene una lista, ¿sabes? Y no has cumplido con el cuarto requisito. Yo también habría fracasado, pues no tengo interés por la política y siempre he considerado las Leyes de los Cereales particularmente confusas. En fin, ¿qué más dará que cultiven el maíz en Berkshire o en Francia?

Julia no contestó, pero a Cassie le complació ver que ya no parecía haber ningún peligro de que se echara a llorar. De hecho, tenía un aspecto casi feroz.

—¿Tiene una lista? —preguntó con una voz calmada en demasía.

—Sí, bueno, debo admitir que al principio no me interesaba en exceso la idea, pero cuando me lo explicó pude entender su punto de vista. ¿Y si la muchacha cojea de alguna pata?

Julia ignoró la aparente incongruencia y trató de volver al tema de la conversación.

—Me gustaría saber qué dice esa lista, Cassie. ¿La has visto?

—Sí, pero no te haría bien saberlo. Ninguno. Incluso aunque pasaras la prueba de las Leyes de los Cereales, tus pestañas le irritan sobremanera.

—¿Mis pestañas? ¿Acaso ese hombre es un perturbado mental?

—No, para nada. Simplemente es que no puedes embaucarlo con tus tretas. Detesta las artimañas de coqueteo.

Julia se levantó de su asiento para recorrer furiosa el salón de un lado a otro mientras farfullaba frases como «un completo descarado» o «¡vaya que es vanidoso!». Cassie se puso en pie a la par que su prima, pero esta le indicó con la mano que regresara a su asiento, donde se retorció con nerviosismo, ya que de repente se percató de que había hablado demasiado.

Cuando Julia detuvo su caminata de forma abrupta y comenzó a sonreír, Cassie se sintió todavía más inquieto. Había visto esa expresión en el rostro de su prima más veces de las que podía recordar y siempre auguraba algo malo.

—Tengo una idea de lo más brillante —anunció ella.

—No sé por qué, pero lo dudo —contestó él a la pobre muchacha.

Selina Dalton, quien no esperaba nada mucho más interesante que una carta de sus padres, fue la atónita receptora de una invitación de su vieja amiga de la escuela Julia Thistlewaite.

Había esperado la invitación cuando le escribió a la muchacha haría ya cuatro meses, pero, al no recibir respuesta a su carta, lo había dado por perdido. Julia siempre había sido una amiga complicada, que cambiaba de parecer de la noche a la mañana, por lo que a Selina no le había sorprendido demasiado que se negara a aceptar su previa amistad. Le impresionó mucho más que por fin la hubiera invitado a quedarse en la casa de las Thistlewaite en Berkeley Square.

Selina emitió un chillidito de deleite ante la perspectiva antes de mirar a su alrededor sintiéndose culpable. Pero, por supuesto, no había nadie que pudiera oírla. Como era habitual, estaba sola en el salón de su antes señora, en Bath.

Mrs. Ossory había sido un ama de lo más benevolente y Selina había llorado con pena su muerte hacía cuatro meses. Habían vivido en armonía juntas durante tres años una vez que Selina aceptó su puesto como acompañante. Sus tareas no eran en absoluto pesadas y ambas se habían hecho compañía mutuamente. Incluso una vez fallecida había sido generosa, pues le había legado una pequeña dote.

Sin embargo, Selina no podía vivir indefinidamente en la casa de la ciudad de Mrs. Ossory, ya que se la había dejado en herencia a un sobrino suyo. Y, desde luego, no quería regresar a la diminuta parroquia de Sussex en la que su padre servía como vicario. Cuando aceptó el puesto con Mrs. Ossory guardaba esperanzas de comprometerse con un caballero decente mientras viviera en Bath. Sus padres no tenían dinero para una temporada londinense, pero, cuando Mrs. Ossory, una conocida lejana de su madre, mencionó que andaba buscando una acompañante, Selina aprovechó la ocasión. Aquella era su oportunidad de experimentar la vida fuera de la vicaría. Y quizá, si conseguía un enlace propicio, podría estar en la posición de respaldar a sus hermanos y hermanas pequeños.

Selina había disfrutado de su estancia en Bath y no se arrepentía de los tres años que había pasado allí, pero sentía que le faltaba algo. El círculo de amistades de Mrs. Ossory se había convertido por necesidad en el suyo propio, y entre ellos ninguno bajaba de los cincuenta años. Extrañaba relacionarse con quienes compartiera edad e intereses, y sentía que quizá podría encontrar dichas conexiones en Londres.

Sin embargo, era consciente de que una jovencita de veintidós años no podía vivir sola, por lo que le había escrito a Julia, que sabía que podía abrirle las puertas a la sociedad que buscaba. Y, hela ahí, por fin había recibido la preciada invitación.

Llegó justo después de que Selina tomara la decisión de regresar a casa con su familia al darse cuenta de que ya había prorrogado lo inevitable demasiado tiempo. Había hecho los preparativos para partir de Bath a la mañana siguiente y se alegraba de que la carta no hubiera llegado un día después, porque ahora su destino era Londres.

Selina se sintió un tanto desconcertada por su recepción al llegar a Londres dos días después. Julia acalló sus disculpas por llegar antes de tiempo con un ademán y la interrumpió a mitad de explicación diciendo:

—Es mejor así. Podremos comenzar de inmediato.

Entonces procedió a rodear a Selina, quien estaba de pie en medio del salón, y a escudriñarla con aire crítico.

—Pues supongo que tendremos que conformarnos —dijo por fin, y Selina sintió la necesidad de disculparse por su ineptitud, aunque no tenía ni idea de lo que estaba diciendo su anfitriona.

Al percatarse de que convendría dar algún tipo de respuesta, Selina contestó:

—¿Cómo dices?

Julia, a quien había sacado de su ensimismamiento, soltó una risa tintineante y se disculpó por su extraño comportamiento.

—Te lo explicaré todo en breve, pero estoy esperando a que mi primo, lord Cassidy, llegue.

Selina asintió, todavía sin entender nada, y Julia comenzó a parlotear emocionada.

—Por favor, ven y siéntate para que podamos reanudar nuestra amistad. Dime, ¿qué has estado haciendo durante estos... de veras han transcurrido cinco años?

Selina le aseguró que habían pasado cinco años desde que se vieron por última vez y le relató su ocupación como acompañante de Mrs. Ossory.

—Qué situación más deprimente —dijo Julia.

—No fue desagradable en absoluto, aunque sí extrañaba tener compañeros de mi misma edad. Bath se ha convertido en el destino predilecto de los septuagenarios que buscan la fuente de la juventud.

—Lo entiendo perfectamente. Yo misma encuentro a los extranjeros soporíferos. —Antes de que Selina pudiera explicarle que en realidad no la había comprendido, Julia continuó—: Y no me cabe duda de que encontraste poco con lo que entretenerte. Aquí en Londres te trataremos mucho mejor.

Selina, quien comenzaba a recordar lo egoísta que solía ser Julia, dudaba bastante de la verdad de sus palabras, pero sintió que sería grosero contradecir a su anfitriona. Entonces se le obsequió con un recital acerca de las delicias que la aguardaban. Sin embargo, como la conversación de Julia consistía en su mayoría de nombres que Selina estaba destinada a conocer, pero que en aquel momento no significaban nada para ella, le resultó complicado aparentar mostrar interés. Por eso mismo se sintió muy aliviada cuando lord Cassidy llegó por fin.

Julia hizo las presentaciones y Selina contempló a lord Cassidy con interés mientras pensaba que no llevaba ni dos horas en Londres y ya había conocido a un joven caballero. No obstante, el interés se tornó diversión cuando decidió que Cassie, tal y como él insistía en que lo llamara, podría haber escapado de una de las caricaturas de Cruikshank.

Sus rasgos, aunque agradables, parecían en cierta forma exagerados, ya que sus ojos, orejas y nariz daban la sensación de ser demasiado grandes para su rostro. Sus brazos y piernas eran largos y delgados; sus prendas, aunque caras y a la moda, lucían arrugadas. Y a pesar de que la sonrisa que dirigía a Selina era cordial, su expresivo rostro esbozaba un ceño fruncido siempre que miraba en dirección a su prima Julia.

—Bueno, ahora que mi primo nos acompaña, pensé en explicarte la razón por la que te invité a Londres —manifestó Julia una vez que todos estuvieron sentados. Al percatarse de la sorpresa que le causaba a Selina aquella noticia, ya que le había dicho en la carta que la invitaba porque anhelaba el placer de su compañía, se apresuró a explicarse—. Por supuesto, sabes que siempre he disfrutado de tu compañía, querida Selina, la cual es la razón por la que se me ocurrió invitarte en primer lugar; pero también pensé que, mientras residieras en la ciudad, quizá podrías comprometerte a ayudarme con un proyectito.

—¿Un proyecto? —inquirió Selina cuando Julia vaciló al llegar a esa cuestión y parecía que no quería continuar.

Julia le echó un vistazo a su primo, quien se limitó a esbozar una mueca incluso más feroz en su dirección.

La muchacha siguió impávida, aunque daba la sensación de que le costaba mirar a los ojos a su invitada.

—Quizá «proyecto» no sea la palabra adecuada —profirió—. Es más bien una bufonada.

—Uf —resopló Cassie mientras ponía los ojos en blanco.

Su prima lo ignoró y continuó:

—Verás, hay un joven caballero, un tal Mr. Malcolm, bien conocido por su arrogancia. Me destacó entre el resto tras agasajarme con toda clase de atenciones, pero después me humilló al retirar su petición de mano.

—¡Cuán espantoso! Lo lamento mucho.

Julia rechazó las muestras de compasión de Selina con un gesto impaciente.

—Sí, fue bastante desagradable, en especial cuando descubrí que dispone de una lista en función de la cual me juzgaba y con la que determinó aquello de lo que carecía.

—¿Tiene una lista? ¿Qué clase de lista?

—Se trata de una lista de los requisitos que busca en una esposa. Sin embargo, se cree superior al resto de nosotros, pues dichos requisitos son inalcanzables. Me encantaría ver a Mr. Malcolm llevarse su merecido gastándole una pequeña broma. Y recordé que en la escuela siempre te apuntabas a cualquier tipo de treta. —No le concedió oportunidad alguna a Selina de poner objeciones a aquella concepción de su persona, aunque ella misma no recordaba nada parecido, y continuó—: Pensé que, si te presentáramos como la mujer ideal que está buscando, y después le diéramos a entender que tú dispones de tu propia lista según la cual él no cumple con los requisitos, eso sería un ejemplo perfecto de justicia poética.

—Pero, Julia, si es tan arrogante y quisquilloso como cuentas, sin duda tampoco atraeré su atención.

—Existe esa posibilidad, pero, aun así, estás mejor informada de lo que estaba yo o cualquier otra dama. Conoces la lista y, bajo mi tutela y la de mi primo, tienes muchas más posibilidades de cumplir con sus requisitos.

Selina echó un vistazo en dirección a lord Cassidy; se preguntó cómo podría aconsejarla aquel hombre desgarbado y de aspecto cómico acerca de las artimañas femeninas necesarias para atraer a un hombre elegante de gustos tan particulares. Él se percató de su mirada dudosa y explicó:

—Malcolm es buen amigo mío. Lo conozco mejor que nadie.

—Y ¿está de acuerdo en que merece esta burla? —inquirió Selina.

Julia contestó antes de que pudiera hacerlo su primo.

—Pues claro que lo está. Si no lo estuviera, no nos habría ofrecido su ayuda. —Cuando Selina continuó protestando, Julia declaró con impaciencia—: No te pongas difícil conmigo, Selina. No le vas a hacer nada a Mr. Malcolm que él no le haya hecho ya a más de una jovencita, incluida yo misma.

—Tan solo me parece que tu bufonada está condenada al fracaso. Si tú no has conseguido cautivar a Mr.

Malcolm, Julia, dudo que siquiera se digne a mirar en mi dirección.

Cassie se preguntó qué respondería a aquello su prima. Sabía que detestaba estar a la sombra de cualquier mujer, pero no cabía duda de que, en comparación con Selina, Julia perdía esplendor. Mientras que los cabellos de Julia eran de un rojo apagado, los de Selina eran de un oscuro e intenso color caoba. Mientras que los ojos de Julia eran de un verde pálido, los de Selina eran de un lustroso verde esmeralda. Mientras que la tez de Julia era de un pálido elegante, la de Selina tenía un tinte dorado, casi como si estuviera brillando. Cualquier caballero miraría en dirección a Selina y, una vez que lo hubiera hecho, no apartaría la mirada.

No obstante, Julia no mencionó nada de aquello.

—Si bien es cierto que no eres una belleza en el sentido clásico, creo que en el escenario correcto y con un conjunto de situaciones favorables puedes llamar la atención de Mr. Malcolm —declaró.

Selina sacudió la cabeza y dijo:

—No creo que...

—Debo decir —interrumpió Julia— que esta broma es lo único que me ha tentado a volver a aventurarme a entrar en sociedad. Espero que accedas a ayudarme o tendremos que acortar tu agradable visita. Dudo que esté de humor para socializar.

Selina captó lo que Julia quería decir al instante. La habían invitado con un propósito en mente, el de ayudar a Julia a darle una lección de humildad a Mr. Malcolm. Si se negaba a auxiliarla en su intento, se le cerrarían todas las puertas a la sociedad londinense. Suspiró mientras sopesaba sus opciones. Por mucho que le desagradara la idea, desde luego sonaba a que Mr. Malcolm cosecharía lo que había sembrado. Y siempre existía la muy certera posibilidad de que ni siquiera se percatara de su existencia, en cuyo caso Julia no la culparía del fracaso de su plan.

—¿Qué es lo que quieres que haga? —preguntó Selina, y Julia sonrió triunfante.

2

Había pasado una semana y Selina ya se arrepentía de haberse precipitado y haber aceptado participar en el plan de Julia. Ya se había gastado gran parte de sus ingresos anuales en varias prendas y vestidos nuevos que, según Julia, eran imprescindibles para llamar la atención de Mr. Malcolm. Además, todavía tenía que asistir hasta al más soporífero de los eventos sociales y tenía la cabeza hecha un lío con todas las instrucciones contradictorias que Julia le estaba dando.

—Debes desprender cierta elegancia en tus pensamientos, poseer conocimientos de todo aquello que nos rodea, pero todo ello sin perder el candor que tan encantador resulta a los caballeros —le indicaba Julia mientras ambas se acomodaban en el sillón del salón principal de la casa de los Thistlewaite, con Cassie frente a ellas.

—¿Sabes qué son las Leyes de los Cereales? —le preguntó Cassie a Selina.

—Por supuesto.

—Debes conocerlas, es muy importante. Te traje un par de tratados sobre el asunto —dijo Cassie.

—Selina, no malgastes demasiado tiempo en esos papeles. A los caballeros no les agrada que una muchacha sea más inteligente que ellos. ¿Acaso me equivoco, Cassie? —Julia esbozó una mirada traviesa al tiempo que observaba a su primo, quien la miró con el ceño fruncido—. Además, pensar con demasiada intensidad resulta en frentes arrugadas. —Con delicadeza, Julia posó el dedo en la zona que separaba las cejas de su amiga Selina—. Quizá te vendría bien meditar en el océano. He descubierto que, si pienso en el mar, me olvido de fruncir el ceño.

—Vaya, casi se me olvida —dijo Cassie—. Nada de pestañeos.

—Disculpa, ¿cómo dices? —preguntó Selina.

—A Malcolm le desagrada toda clase de artimaña de coquetería.

—Cassie, si te molestaras en prestar la más mínima de las atenciones, te habrías percatado de que ya se lo dije yo. Le expliqué a Selina que, cuando finja sentirse atraída por Mr. Malcolm, su comportamiento debe carecer de toda afectación.

—Lo que acabas de decir no se asemeja en nada a lo que le dije.

—Discúlpame por no emplear palabras con menos sílabas...

—Pues, si tan inteligente eres, sabelotodo, ¿por qué no has superado la nimia prueba de Malcolm?

—Tal vez si me hubieras advertido de que...

La paciencia de Selina había llegado a su límite.

—¡Silencio, ya basta! —gritó interrumpiendo su

discusión. Los primos se voltearon para mirarla con los ojos muy abiertos—. Llevo una semana escuchando sus discusiones y ya estoy harta. Creo que me hago una idea de qué es lo que está buscando Mr. Malcolm. Pero, bien, ¿qué plan tienen trazado para que por fin nos conozcamos?

Selina, quien espiaba detrás de la puerta de la biblioteca de la anfitriona de la fiesta, no podía creer que estuviera pasando su primer baile de etiqueta de esa manera. Le habían presentado a la dueña de la casa, Mrs. Harrington; le había concedido un baile a Cassie; y, después, se había colado en la biblioteca con la intención de esconderse durante lo que quedaba de velada. Al parecer, Mr. Malcolm era uno de los asistentes, y los cómplices de Selina creían que la chica debía hacer gala de cierto aire de misterio para despertar el interés del hombre. Tras su primer baile, el plan era que desapareciera de la sala, mientras Julia y Cassie alternaban con el resto de los invitados y cuchicheaban sobre la nueva jovencita desconocida.

Selina no podía evitar pensar que la sociedad de Bath, por muy mayor que fuera, era mejor que la de los alocados primos.

—Por lo visto, habría sido mejor que hubiera vuelto a Sussex —dijo en voz alta junto a la puerta de la biblioteca oteando el pasillo vacío.

—¿Cómo dijo? —resonó una voz a su espalda.

Selina volteó y descubrió a un joven de pie en la

habitación quien, al parecer, se había levantado de su asiento con su llegada. Al verlo, la joven se alegró muchísimo de no haberse ido a Sussex. Era el hombre más apuesto que había visto en su vida. La iluminación de la biblioteca no era la ideal (era más que evidente que la familia Harrington no esperaba que sus invitados escaparan allí en busca de refugio durante uno de sus bailes), así que Selina albergaba la esperanza de que, a plena luz del día, aquel hombre no luciera como un dios griego, sino como un mero mortal más.

—Lamento haberlo molestado, señor —se disculpó Selina tras recuperarse de la sorpresa.

—Carece de importancia —contestó él doblando el papel que tenía en la mano y metiéndoselo en el bolsillo—. Solo reflexionaba sobre la futilidad de los sueños.

Selina, quien también había estado reflexionando hasta hacía unos segundos, pensó que quizá se había precipitado demasiado en sus conclusiones.

—¿Existen los sueños inútiles? Nos dan esperanza, y la esperanza es buena.

—Esa es su opinión. Hay personas, entre las que me incluyo, que pensamos que «la esperanza es lo más desesperante que hay», como bien dijo el poeta Abraham Cowley.

—Qué afirmación más desoladora. Yo, en cambio, prefiero creer que «la esperanza es la mayor felicidad que el mundo puede darnos», como diría Johnson. Pero quizá su esperanza caiga sobre algo indigno, en cuyo caso se merece albergar esperanzas en vano. Señor, confiese, tenía la esperanza de ganar en las apuestas y perdió, así que ahora se deja llevar por el rencor y el despecho.

El misterioso caballero esbozó una sonrisa.

—No confesaría una actitud tan pueril aunque, de haber apostado, hubiera albergado esperanzas de ganar.

—Así que afirma que aquello que espera es algo digno.

—Así es.

—Entonces, espero que lo consiga —contestó Selina con una sonrisa.

—Es todo un honor. Quizá me equivoque al pensar que la esperanza carece de utilidad —dijo él mirando a Selina fijamente.

La sonrisa de Selina vaciló un poco, y le siguió un incómodo silencio. De pronto, la joven se percató de que no debía estar a solas en la biblioteca con un caballero desconocido con el que mantenía un debate filosófico.

—Lamento haberlo molestado. Debo irme —dijo al fin, pero no hizo ademán de irse.

En cuanto pronunció aquellas palabras, Selina se dio cuenta de que no tenía adónde ir. Cassie y Julia le habían ordenado que permaneciera allí escondida hasta que fueran a buscarla. Por fortuna, el caballero decidió que él era quien debía irse de la habitación, y se acercó a la puerta en la que se encontraba la joven.

Selina se apartó, pero el caballero se detuvo justo frente a ella.

—Me encantaría que me guardara un baile cuando vuelva a la sala y nos presenten como es debido, claro está.

Selina solo asintió, pues una repentina timidez se había adueñado de ella. No fue hasta que el caballero desapareció por la puerta de la biblioteca que la joven recordó que no volvería a la sala de baile.

Mr. Malcolm entró en el salón y descubrió que su amigo Cassie estaba buscándolo.

—¿Dónde estabas? Te encontré una candidata más que idónea. Toda una potrilla, busto abundante, piernas largas...

Malcolm se arrepentía de haber empleado aquella analogía equina en su vida. Cassie había descrito a la joven que acababa de conocer con aquellos términos.

—No me interesa, Cassie. Creo que encontré la candidata ideal yo solito.

—¿Qué? ¡No puede ser! —exclamó Cassie.

Malcolm lo miró sorprendido por su reacción.

—Creía que querías que encontrara a una jovencita apropiada.

—Así es, sí. Pero llegó una joven nueva a la ciudad y todo el mundo está hablando de ella. Se quedará un par de semanas en casa de mi prima Julia. Un halo de misterio rodea toda su persona.

—Tal cosa me resulta bastante inquietante. Por lo general, mantengo las distancias con las jóvenes misteriosas. Suele ocurrir que se consumen por su instructor de baile, o por otro hombre poco conveniente.

—Puedo asegurarte que no es este el caso —replicó Cassie, pero Malcolm ignoró a su amigo y, con aire distraído, inspeccionó la sala de baile.

—Me pregunto cuánto tiempo más se quedará en la biblioteca —murmuró Malcolm, y Cassie lo miró sobresaltado.

—¿Qué dijiste? —preguntó.

—Ah, una tontería —contestó Malcolm. Después dijo entre dientes—: Seguro que al final está casada, o ya está prometida.

Cassie miró a su amigo un momento, tras lo cual se disculpó. Malcolm asintió sin dejar de escudriñar la sala de baile en busca de la muchacha de la biblioteca, si bien no tenía claro si quería reencontrarse con ella. La joven lo había impresionado sobremanera, pero le preocupaba que, cuando volviera a verla, descubriera que la había dotado de unas cualidades inexistentes por la impaciencia que lo consumía por encontrar una esposa adecuada. La joven se había presentado como la respuesta a sus plegarias, pues había entrado en la biblioteca de forma repentina justo cuando él ya se había autoconvencido de que su cruzada era inútil. Aquella joven había resplandecido incluso en los rincones más oscuros de la biblioteca. Pudo ver el brillo de la inteligencia y el humor en aquellos ojos grandes, y la dulce honestidad de su sonrisa lo había hechizado. Cuanto más pensaba en ella, más se desvanecían sus dudas, y la impaciencia por verla de nuevo se adueñó de él. Malcolm quería descubrir por sí mismo de qué color eran aquellos fascinantes ojos.

Cassie corrió a la biblioteca y encontró a Selina sentada en un sillón, con cierto aire de desconsuelo y la mirada perdida.

—Miss Dalton, ¿es posible que te hayas encontrado con un hombre aquí? —preguntó.

Selina levantó la mirada, sobresaltada por la repentina llegada de Cassie.

—¿Cómo? Ah, sí, así es. Era muy apuesto. Me pidió que bailara con él. —Selina frunció el ceño al pensar que iba a perderse ese baile, y se preguntó qué causaba la amplia sonrisa que adornaba el rostro de Cassie.

—Excelente —contestó él—. Creo que deberíamos regresar a la sala para que puedas concederle ese baile.

—¿De verdad? ¿Conoces a ese caballero? —preguntó la chica.

—Algo me dice que sí —respondió él, y la sonrisa de su rostro aumentó.

Cassie y Selina se acercaron a Mrs. Thistlewaite, que estaba esperando a que Julia acabara su baile. Mrs. Thistlewaite era una mujer menuda, tímida y «de nervios delicados». No podía enfrentarse a la terquedad de su hija, y permitía que Julia disfrutara de una desmesurada independencia. Su marido y ella ya rondaban la madurez cuando Julia nació, así que su llegada fue recibida como una especie de milagro. Mr. Thistlewaite había sido un padre indulgente toda su vida, y en aquellas raras ocasiones en las que su madre le negaba algo, Julia todavía era capaz de coaccionarla con una sola frase: «Papá me habría dejado».

Mrs. Thistlewaite saludó a su sobrino y a Selina con cariño; se levantó de su asiento al verlos acercarse a ella y se le cayó el chal al suelo. Selina se agachó para recogerlo.

—Vaya, qué torpeza la mía. Muchas gracias, Selina, qué chica más agradable. Pero ¿cómo es que no has bailado? No te he visto bailar con nadie más que con Cassie.

Selina y Cassie cruzaron miradas, pero justo en aquel momento llegó Julia y, por fortuna, no tuvieron que responder la pregunta de Mrs. Thistlewaite.

—¡Cassie! ¿Qué hace Selina aquí? Todos mis esfuerzos habrán sido en vano por tu culpa. La nueva desconocida tiene a todo el mundo fascinado. Si ven a Selina, el interés que sienten por ella desaparecerá.

—Vaya, muy amable, Julia —dijo Selina.

Cassie empezó a contarle a Julia el encuentro fortuito de la biblioteca, pero la llegada de Mr. Malcolm interrumpió las explicaciones.

Selina, quien seguía sin conocer la identidad del misterioso hombre de la biblioteca, se alegró de volver a verlo. Bajo las intensas luces de la sala de baile, la joven pudo confirmar que aquel hombre era tan apuesto como le había parecido en su primer encuentro. Sin embargo, ese hecho hizo que le costara muchísimo respirar, e incluso pensar. Por ello, la joven tardó un poco en comprender el nombre que había empleado Cassie para referirse a su misterioso desconocido.

—¡Mr. Malcolm! —gritó sorprendida, y se sonrojó al ver que las cabezas de todos los presentes se giraban en su dirección.

Malcolm levantó las cejas y una sonrisa socarrona se dibujó en su rostro al ver a Selina.

—El mismo, sí. Pero yo todavía no sé su nombre. —Entonces se volteó hacia su amigo Cassie, para que este hiciera los honores.

—Mr. Malcolm, permíteme presentarte a Miss Dalton.

—Miss Dalton, es todo un honor conocerla —contestó Mr. Malcolm tomándole la mano y haciendo una pequeña reverencia.

Selina se agachó en una ligera genuflexión y deseó con todas sus fuerzas ser capaz de volver a ponerse en pie, pues de pronto sintió las piernas demasiado débiles para sostener su peso. ¿El hombre que tenía delante era aquel arrogante insoportable que iba por ahí rompiéndole el corazón a las jovencitas? En aquel momento, la ridícula farsa en la que se había aventurado le resultaba totalmente imposible de completar. Selina era consciente de que era tan vulnerable a una mirada de aquellos ojos oscuros como lo sería cualquier otra mujer. Si Julia, que era mucho más sofisticada que ella, había sucumbido a sus encantos, ¿qué posibilidades tenía ella, la hija de un humilde vicario, de resistirse a esos ojos brillantes y seductores, y a una sonrisa tan irreprimible como aquella?

Mr. Malcolm le pidió el siguiente baile, pero, antes de que Selina pudiera recomponerse y aceptar su petición, Julia se interpuso entre ellos y se dirigió al hombre.

—Lamento decirle, Mr. Malcolm, que llegó demasiado tarde. Una horda de admiradores ha acosado a Miss Dalton desde que llegó a la fiesta, y ya prometió todos sus bailes. Por desgracia, yo no disfruto de semejante éxito y estoy libre para esta pieza.

Mr. Malcolm escondió su decepción a las mil maravillas.

—Entonces ¿quizá podría concederme el honor de bailar conmigo este baile? —le preguntó a Julia.

Julia aceptó y fulminó a Cassie con una mirada autoritaria; su primo le ofreció el brazo a Selina. Al parecer, debía bailar con ella otra vez para darle credibilidad a la mentira de Julia. Selina se preguntaba de dónde iban a sacar al resto de los pretendientes, pero, cuando dejó la pista de baile, un grupo de ansiosos caballeros la cercó y bailó hasta la última de las danzas de aquella noche. Por desgracia, todos los hombres que conoció eran insignificantes en comparación con Mr. Malcolm, quien se fue de la fiesta poco después de bailar con Julia.

3

Mientras Julia y Selina se sentaban con Mrs. Thistlewaite en el salón principal para aguardar a los visi-
tantes matutinos, Julia le explicó a su invitada que
probablemente no habría tantos como estaban acos-
tumbradas a recibir, pues la temporada londinense
había finalizado oficialmente hacía ya unas semanas.
También tenía muchas otras cosas de las que hablar,
pero, por su parte, Selina se preguntaba cómo actuar
si Mr. Malcolm hacía acto de presencia mientras fingía
escucharla.

—Selina, ¿me estás escuchando? —preguntó al fin
Julia con un tono de voz brusco.

—Por supuesto, Julia. Estabas sermone... digo, estabas aconsejándome.

—Así que ¿estás de acuerdo con lo que dije?

—Por supuesto que sí. Tú tienes mayor experiencia
en lo que a estos asuntos se refiere —comentó Selina
ausente, a la par que cavilaba si quizá debería haber
elegido un atuendo más recatado. Su vestido de color
salmón era muy elegante, pero consideró que podría

ser demasiado ostentoso al combinarlo con aquel peinado. Sin embargo, Julia, quien era la elegancia hecha persona, le había asegurado que eso era «lo que se llevaba», por lo que se consoló con aquellas palabras.

El mayordomo anunció al primer visitante, un tal lord Sylvester Mountjoy, y Selina salió de su ensimismamiento para entretener a lord Sylvester, una de sus parejas de baile de la velada anterior. En un abrir y cerrar de ojos, el salón de las Thistlewaite estaba repleto de jóvenes caballeros entusiasmados; la muchacha se sorprendió a sí misma disfrutando de su éxito en sociedad y casi olvidando a Mr. Malcolm. De ahí que le sobresaltara que Reeves, el mayordomo de la familia anfitriona, anunciara su llegada.

Mr. Malcolm irrumpió en el salón y saludó a Mrs. Thistlewaite y a Julia antes de aproximarse a Selina.

—Buenos días, Miss Dalton. Espero que se encuentre bien de salud.

—De maravilla, Mr. Malcolm —tartamudeó Selina; de repente se sentía cohibida y burda—. ¿Y usted?

—Me encuentro bastante bien, gracias.

Se hizo un silencio incómodo cuando Mr. Malcolm se detuvo frente a ella y los admiradores de la muchacha lo contemplaron muertos de celos. Todos los asientos cerca de la dama estaban ocupados y era de esperar que ninguno de los jóvenes caballeros le cedería su sitio a Mr. Malcolm por voluntad propia.

—Siento privarle de tan agradable compañía, Miss Dalton, pero me veo obligado a recordarle que teníamos una cita.

—¿Una cita? —repitió Selina extrañada. Se quedó aún más atónita cuando Mr. Malcolm cerró uno de sus ojos rápidamente y volvió a abrirlo en un guiño.

—Confío en que no se habrá olvidado. Me prometió la velada pasada que pasearía conmigo en calesa, ya que no tuve la suerte de conseguir que me concediera un baile.

Selina no pudo más que sentirse halagada ante la evidente estratagema de Mr. Malcolm para quitarse de encima a sus admiradores. Ella compartió una sonrisa secreta con él, pero, antes de que pudiera contestar, Julia volvió a intervenir:

—Selina, no te olvides de que habías acordado dar un paseo en calesa con Cassie esta tarde. Llegará en cualquier momento.

—No me cabe duda de que a Cassie no le importará que Miss Dalton salga conmigo. Tuvo el privilegio de bailar con ella anoche, mientras que yo no recibí semejante honor —declaró Mr. Malcolm.

—Pero, cuando le pregunté a Selina esta mañana si quería salir con Cassie, ella estuvo de acuerdo en que era una gran idea —refutó Julia con la voz cargada de intención.

Selina se percató de que, aun sin saberlo, debía haber acordado fingir estar ocupada si Mr. Malcolm la invitaba a salir. Comprendió que la estrategia de Julia consistía en hacerla parecer inalcanzable, pero pensó que su amiga tenía el peligro de llevarlo todo demasiado lejos.

—Lo siento, Julia. Había olvidado que ya había

quedado en dar un paseo con Mr. Malcolm —se disculpó Selina.

—Miss Dalton parece ser una jovencita de lo más dispuesta —comentó lord Sylvester con su aguda voz. Unos cuantos caballeros rieron obedientemente ante su ocurrencia.

—Sin duda esa es una forma de describirla —afirmó Julia mirando fijamente a Selina desde el otro lado de la habitación.

—Miss Thistlewaite —intervino Malcolm mientras miraba con impaciencia en dirección a Julia—, como aprecio su lealtad para con su primo, estoy seguro de que a Cassie no le importará que me lleve a Miss Dalton a dar un paseo.

—Iré por mis cosas —comentó Selina levantándose de un salto de su asiento antes de que a su amiga se le ocurriera otra argucia para separarla de Mr. Malcolm.

Subió corriendo las escaleras hasta su alcoba y se colocó con prisa su capota y el *spencer*, que presentaba un cuello alto de encaje y le concedía un aspecto muy elegante en combinación con el vestido. Se percató de que quería lucir lo mejor posible para Mr. Malcolm por razones que no tenían nada que ver con la pequeña estratagema de Julia.

Al bajar las escaleras, vislumbró a Mr. Malcolm esperándola perfilado por la luz que provenía de una claraboya sobre la puerta, y pensó una vez más en lo injusto que era que un hombre fuera así de apuesto.

—Estoy lista —anunció al detenerse frente a él.

—Todavía no —objetó él y se movió hacia delante hasta que no quedaron ni quince centímetros entre los dos. Selina aguantó la respiración cuando dirigió las manos hacia su rostro y agarró su capota para inclinarla un poco a un lado—. Ahora sí está lista —afirmó.

—Gracias —susurró.

—Un placer —contestó él entre sonrisas. Selina pensó que se encontraba demasiado cerca y su proximidad tenía un efecto inesperado en ella. Sin embargo, a Mr. Malcolm no parecía importunarle, se limitó a ofrecerle el brazo y a acompañarla a bajar los escalones de la casa hasta llegar a su carruaje.

Todavía no se acostumbraba a subir a un vehículo de semejante exquisitez y delicadeza. La única vez que había subido en uno había sido con Cassie, y el hombre se distraía con demasiada facilidad para inspirarle confianza. En cambio, Mr. Malcolm parecía estar completamente al mando y pronto la muchacha se relajó y comenzó a disfrutar.

—Miss Thistlewaite parece estar empecinada en no dejarnos disfrutar de nuestra mutua compañía —comentó Mr. Malcolm tras haber franqueado sin percance alguno el tráfico de Londres.

—¿Cómo dice? —preguntó ella mientras se giraba para contemplarlo. Sin embargo, su expresión no revelaba nada.

—Su amiga, Miss Thistlewaite. Parece estar urdiendo excusas para separarnos.

—¿De veras? No me había percatado —contestó Selina mientras jugueteaba nerviosa con uno de sus guantes para evitar encontrarse con la mirada de Mr. Malcolm.

—Tiene que haberse percatado. Era obvio incluso para alguien falto de inteligencia. No es que haya sido muy sutil.

Selina se dio cuenta de que ya no podía seguir evitando el tema fingiendo no reparar en el comportamiento de su anfitriona.

—Quizá Julia no haga más que velar por lo que es mejor para mí —reprochó ella.

—¿En qué sentido?

—Bueno, usted tiene reputación de ser... —Selina dudó mientras buscaba la palabra correcta y menos ofensiva.

—¿Frívolo? —sugirió Mr. Malcolm.

—Pues sí.

—¿Un rompecorazones?

—Supongo que podría describirse así.

—¿El destructor de los sueños de las jovencitas? —recitó Malcolm.

—Esa es una exageración absurda, pero he escuchado rumores por el estilo.

—Y ¿usted se cree lo que dicen de mí? —le preguntó Malcolm a Selina.

Esta dudó y observó a Mr. Malcolm. Tenía el mismo aspecto relajado y apuesto de siempre, pero su expresión era severa, como si controlara de forma estricta su semblante. Mientras Selina lo escudriñaba, él le devolvió la mirada y ella se quedó perpleja al apreciar lo vulnerable que parecía de repente.

—No tengo muy claro qué creer —le confesó y él la premió brindándole una sonrisa.

—Me alivia oírle decir eso, Miss Dalton, porque no creo merecer la reputación que me he labrado. Especialmente en el caso de Miss Thistlewaite me considero inocente.

—Me contó que le dio usted atenciones de lo más exageradas.

—La acompañé a la ópera.

—La acompañó a la ópera —repitió Selina.

—En una ocasión.

—¿Fue una ópera divertida? —preguntó ella, quien de repente comprendió lo absurdo de la situación.

Mr. Malcolm sopesó su pregunta.

—No, no fue una ópera divertida. La soprano no llegó a la mayoría de sus notas y Miss Thistlewaite llevaba una pluma en el sombrero.

—¿Una pluma?

—Me rozó la nariz varias veces aquella velada y sentía continuas ganas de estornudar —reveló manteniendo su semblante serio. No fue hasta que echó un vistazo en dirección a Selina que esta pudo ver un destello de humor en sus ojos.

—Lo entiendo perfectamente —convino ella.

—¿Ah, sí? —inquirió Malcolm.

—Sin lugar a dudas. Usted y Miss Thistlewaite son víctimas de una serie de atroces circunstancias. Las plumas y las sopranos estridentes no son nada propicias para el romance. Incluso el mayor y más conocido par de amantes se sentiría intimidado ante tales circunstancias —comentó Selina con fingido agravio.

—Conque ¿me absuelve de frivolizar con las afecciones de Miss Thistlewaite?

—Me temo que eso no es posible. Verá, la descartó con demasiada facilidad. Un caballero sincero lo habría vuelto a intentar. La habría invitado a un concierto, por ejemplo.

—Pero, tras la ópera, yo sabía que no estaba interesado en Miss Thistlewaite. Si hubiera seguido pretendiéndola, me habría merecido la reputación que me he labrado.

—Quizá tenga razón —corroboró Selina—. Pobre Julia. Puedo comprender su decepción. Debe de ser muy humillante no despertar en un caballero nada más que las ganas de estornudar.

—Ah, yo no he dicho eso. Miss Thistlewaite despertó en mí otros anhelos de tanto en tanto.

—¿De veras? —preguntó Selina, quien sentía que la conversación que hacía tan solo unos momentos era entretenida ahora había fracasado.

—Uy, sí. Por ejemplo, justo esta tarde he anhelado con bastante fervor taparle la boca con mi pañuelo.

Selina se rio con más ganas de las que quizá mereciera el chiste, muy aliviada de que los anhelos de Mr. Malcolm no fueran de índole amorosa.

—Por favor, no hablemos más de Julia. Me siento una traidora.

—Y yo accedo de muy buena gana. Mejor hablemos de usted.

—¿De mí? —inquirió Selina con sorpresa.

—Sí. Por favor, hábleme de usted.

—Debe saber que no hay forma más efectiva de cohibir una conversación que pedirle a alguien que hable de sí mismo. Nadie charlaría acerca de sus defectos de forma voluntaria y, si nos dispusiéramos a hablar de nuestros puntos fuertes, nos tacharían de petulantes con toda la razón.

—Supongo que está en lo cierto. Debe perdonarme, pero durante mi limitada experiencia con el bello sexo siempre me han parecido más que dispuestas a hablar de sí mismas —reveló Mr. Malcolm de forma sardónica.

Selina comprendió por su tono que su limitada experiencia con aquellas de su mismo sexo no había sido especialmente agradable. No podía llegar a creer que un hombre tan apuesto como él dispusiera solamente de una experiencia limitada con las mujeres. Pero quizá su personalidad meticulosa lo había mantenido aislado de demasiada interacción femenina. Se descubrió deseando que así fuera. Por alguna razón, imaginárselo involucrado en numerosos romances la irritaba sobremanera.

Antes de que pudiera responder, su conversación se vio interrumpida por la voz de un hombre que gritaba:

—¿Jeremy Malcolm?

Malcolm y Selina habían estado dando vueltas por Hyde Park, pero, como el reloj aún no daba la popular hora de las cinco de la tarde, todavía no había demasiada gente dedicada a un pasatiempo similar. Los pocos concurrentes del parque parecían ser en su mayoría niñeras junto con los niños que tenían a su cargo y jinetes solitarios. Uno de esos jinetes se les había acercado y se dirigía a Malcolm.

Mr. Malcolm frenó, al principio con aparente descontento ante la interrupción, pero más tarde saludó al intruso con regocijo.

—¡Henry, amigo, qué grata sorpresa! Pensaba que estabas estacionado en el norte con tu regimiento.

—Sí, bueno, ya decidí venderme y sumarme a las filas de los caballeros perezosos como tú.

—¿Estás seguro de estar preparado? Puede llegar a ser agotador —bromeó Malcolm mientras le sonreía a su amigo. Entonces se acordó de la dama que lo acompañaba y, girándose hacia ella, dijo—: Miss Dalton, ¿puedo presentarle a Mr. Henry Ossory?

—¿Miss Dalton? —preguntó Mr. Ossory al mismo tiempo que Selina preguntaba:

¿Mr. Ossory?

El gallardo joven caballero de piel pálida que lucía un brazalete negro pareció perplejo al principio, pero después su expresión tornó a una de deleite.

—¿Miss Selina Dalton? —inquirió sonriéndole.

Malcolm los contempló con ciertos celos.

—Entiendo que se conocían de antes.

—Miss Dalton era una muy buena amiga de la viuda de mi tío. De hecho, me encuentro aquí en Londres porque quería expresarle mi gratitud por lo amable que fue con mi tía.

—Me alegro mucho de conocerlo, Mr. Ossory —contestó Selina—. Tenía a su tía en muy alta estima y hace mucho tiempo que deseaba transmitirle mis condolencias.

—Gracias —dijo Mr. Ossory; su amplia sonrisa se desvaneció momentáneamente—. Lamento mucho no haber podido verla una vez más antes de que falleciera. —El caballo de Mr. Ossory relinchó y él alargó el brazo para acariciarlo—. Quizá debería dejarla continuar con su paseo, pero me encantaría hacerle una visita si tiene a bien darme su dirección, Miss Dalton.

—Estoy hospedada en la casa de los Thistlewaite, en Berkeley Square —le reveló y le dio el número—. Será un placer recibirle.

—Gracias. En breve le haré una visita. Que pase un buen día, Miss Dalton. Malcolm.

Mr. Ossory se fue trotando, lo cual volvió a dejar solos a Malcolm y a Selina.

—Qué encuentro más fortuito —comentó Selina mientras miraba a Mr. Ossory alejarse con su caballo.

—Así es —corroboró con cierta gravedad Mr. Malcolm.

4

Al regresar de su paseo en calesa, Selina se encontró a Julia esperándola furiosa. Apenas había cruzado el umbral de la puerta y su amiga ya se había abalanzado sobre ella y la había arrastrado hacia el salón principal, que estaba vacío.

—¡Selina! ¿Por qué saliste con Mr. Malcolm? Habíamos acordado que lo mejor era que evitaras quedarte a solas con él durante un par de días, para asegurarnos de que lo cautivaras con tus encantos.

—Perdóname, Julia, pero me pareció lo más oportuno. Además, no tengo muy claro que esa idea tuya sea tan buena como crees. Mr. Malcolm me cae en gracia. No me parece para nada arrogante.

—Eres una ingenua. Sabes bien que jugó conmigo y que me humilló, ya te lo conté.

—Pero él me dijo que no hizo más que acompañarte a la ópera. Yo no creo que sea un delito tan sumamente atroz.

—¿Acaso ha mencionado su lista? ¿Te ha contado

49

lo que dijo de mis pestañas? —preguntó Julia, cuya inquietud aumentaba a cada segundo que pasaba.

—¿Cómo dices?

—Es un hombre muy criticón, siempre va dando clases de moral. Nada lo complace. Espera a que saque a relucir esa lista. Entonces descubrirás cuán desagradable puede llegar a ser Mr. Malcolm.

—Julia, por favor, cálmate. Estás muy alterada —pidió Selina, quien se estaba empezando a preocupar de verdad. Julia estaba comportándose como una histérica.

—Selina, prométeme que vas a ayudarme, por favor. No hay nada más que pueda hacer para perjudicarlo: tiene a toda la sociedad londinense comiendo de su mano. ¿No comprendes que mi plan es la única opción que me queda? —Julia había agarrado a Selina por los hombros, y esta se quedó consternada al ver que su amiga estaba al borde del llanto.

—Pero es que a mi juicio no es el villano que tú retratas con tus palabras, Julia. Quizá deberías pasar un poco más de tiempo con él, y conocerlo mejor.

Julia dio una patada contra el suelo, como haría una niña pequeña en pleno berrinche.

—Pero ¡yo no quiero conocerlo mejor! ¡Quiero humillarlo, como él hizo conmigo!

—Creo que estás exagerando ante la situación —intentó calmarla Selina; estaba segura de que la que fuera su amiga en la escuela estaba sufriendo porque la habían herido en su orgullo.

Un largo silencio reinó en la habitación mientras Julia recobraba la calma y se erguía con aire altanero.

—Y yo creo que he cometido un error al invitarte a mi casa. Tal vez sea mejor que regreses a Bath.

Selina miró a Julia, sorprendida ante lo rencorosa que podía llegar a ser la muchacha.

—Tal vez estés en lo cierto —dijo, y giró para irse del salón.

Julia corrió para interponerse entre la puerta y ella, y así evitar que se fuera.

—Selina, perdóname, no lo decía en serio, no vuelvas a Bath. Quédate, por favor.

—No quiero quedarme en estas circunstancias —replicó Selina mirándola con frialdad.

—Lo comprendo —contestó Julia. Una lágrima le recorrió la mejilla sin encontrar resistencia alguna—. Todo el mundo se pone de su parte —añadió con tristeza.

—No me estoy poniendo de parte de nadie...

—No importa —la cortó Julia con una sonrisa valiente—. Tú y yo nos conocemos desde hace años, y a Mr. Malcolm lo conociste ayer, pero soy consciente de que no puedo competir contra él. Es el efecto que provoca en las mujeres. Ejerce una especie de poder sobre ellas.

—No ejerce ninguna especie de poder sobre... —opinó Selina, pero entonces titubeó. ¿Y si Julia estaba en lo cierto? Selina sentía una atracción hacia Mr. Malcolm mucho más intensa de la que había sentido por otro hombre en su vida.

A Selina le temblaba el cuerpo hasta la médula siempre que la mano del hombre rozaba la suya, siempre que le regalaba una sonrisa de labios perfectos y blancos dientes, y siempre que la miraba con esos oscuros ojos cafés.

Julia observaba a Selina con una astuta sonrisa en el rostro.

—Lo único que te pido es que reflexiones un poco, Selina. Solo eso.

—De acuerdo, Julia, lo haré.

—Genial —dijo la chica, y aplaudió en señal de regocijo. Selina no podía más que maravillarse ante lo volátiles que eran los estados de ánimo de su amiga, y esperar no vivir otra situación en la que presenciar tal intensidad.

Selina tuvo una noche agitada. No pudo dejar de pensar y darle vueltas a la cabeza, pero no fue capaz de llegar a una conclusión que la convenciera. ¿Era posible que Mr. Malcolm fuera un canalla que se dedicaba a romperles el corazón a las señoritas? ¿O es que Julia no era más que una malcriada consentida que ansiaba venganza? Era difícil saberlo, y al final Selina decidió que la única manera de descubrir la verdad era disfrutar más tiempo de la compañía de Mr. Malcolm. Dado que eso era justo lo que ella ansiaba hacer, no le costó nada convencerse de que era la mejor opción. Pero también optó por proteger su corazón durante su cruzada. No quería ser la última mujer de la larga lista de conquistas de Mr. Malcolm.

Después de desayunar, tanto la familia Thistlewaite como Selina aguardaron a las primeras visitas en el salón principal. Selina esperaba que Mr. Malcolm pasara a verla, y apenas era capaz de reprimir su emoción ante esa posibilidad. Cuando Reeves anunció a las tres mujeres que tenían una visita, Selina estaba segura de que era él.

—¿Quién es, Reeves? —preguntó Mrs. Thistlewaite.

—Un tal Mr. Ossory, señora.

—No conozco a ningún Mr. Ossory —dijo Mrs. Thistlewaite un poco desconcertada.

Selina ya casi se había olvidado por completo de su encuentro con Mr. Ossory, al que había conocido el día anterior. Pero, a pesar de la pequeña decepción que fue saber que su visita no era Mr. Malcolm, le agradó tener la oportunidad de conocer un poco más al joven caballero del que tan bien le había hablado siempre Mrs. Ossory.

Tranquila, Mrs Thistlewaite —dijo la joven—. Es un conocido mío. Me gustaría verlo.

—Como gustes, querida. Reeves, haz que pase.

Selina saludó a Mr. Ossory y, después, se lo presentó a Julia y a su madre, quien expresó que conocerlo era un placer. De nuevo, Selina se quedó impresionada al ver lo apuesto que era el caballero. Si no hubiera conocido a Mr. Malcolm, la joven sabía que podría haber caído víctima del aspecto juvenil del guapo joven, así como de su actitud extrovertida.

Mr. Ossory mantuvo la requerida conversación de

quince minutos con las tres mujeres antes de pedir si le concedían el honor de dar un paseo en calesa con Selina.

La joven accedió a su petición y acabó recibiendo ayuda para subirse a otro carruaje, que también se dirigió hacia Hyde Park.

—No sé si sabe usted, Miss Dalton, que mi tía mencionó su nombre en numerosas ocasiones en las cartas que me enviaba —comentó Mr. Ossory.

—No, lo desconocía totalmente. Pero no me sorprende, si le soy sincera. Su tía jamás me trató como si fuera un miembro del servicio, más bien como a una apreciada amiga y... una compañera en el sentido más auténtico de la palabra.

—Sé de buena mano que apreciaba muchísimo a su madre, y que a usted la consideraba una nieta. Por esa misma razón la busqué; he cumplido la petición de mi tía.

—Es todo un detalle por su parte. Debo confesarle que yo también sentía curiosidad por conocerlo. Su tía me hablaba muchas veces de usted. Es todo un placer haber tenido la oportunidad de verlo en persona, por fin.

—El placer es mutuo. Sin embargo, debo reconocer que no es el único motivo por el que vengo a visitarla.

Mr. Ossory hizo una pausa, y se mostró reacio a continuar.

—Dígame —lo animó la joven.

—Vine a la ciudad para conocerla porque estoy

convencido de que mi tía deseaba que nos uniéramos en matrimonio.

Selina notó cómo el corazón se le aceleraba y alcanzaba una velocidad inquietante.

—Pero... —La muchacha carraspeó antes de poder continuar, ya un poco más tranquila— ¿qué le dio esa impresión?

—La última carta que me escribió antes de fallecer. En ella, escribió: «Deseo que Selina y tú se unan».

—Vaya, comprendo. Resulta, pues, que interpretó su mensaje a la perfección.

Selina se percató de que la vergüenza que sentía le impedía cruzar su mirada con la de Mr. Ossory. Entre ellos se asentó un silencio incómodo, hasta que Selina miró de reojo al caballero, quien en aquel momento la estaba observando. Sus miradas se encontraron, y la joven soltó una risita nerviosa. Y Mr. Ossory se unió a ella.

—Sí, sus palabras fueron bastante directas. A no ser que se refiriera a unirnos en una partida de cartas, claro está. Quizá se refería a que debíamos jugar a las cartas.

A Selina le costó un poco recomponerse.

—¡O al ajedrez! Tal vez su tía estaba hablando de una partida de ajedrez.

Mr. Ossory negó con la cabeza en un gesto de solemnidad.

—Me temo que no. Mi tía sabía que soy un jugador de ajedrez nefasto.

Entre risas, ambos continuaron sugiriendo varios

juegos en los que podían competir, como el críquet o el blackjack, pero entonces la llegada de Mr. Malcolm interrumpió su alegre conversación. Mr. Malcolm se vio obligado a tener que saludarlos dos veces antes de que la pareja se percatara de su presencia.

—Buenos días, Henry. Buenos días, Miss Dalton —repitió mientras guiaba a su caballo para que trotara junto al carruaje, que avanzaba a poca velocidad.

Por fin los dos levantaron la mirada y Mr. Ossory detuvo la calesa.

—¡Malcolm! —lo saludó, y su personalidad extrovertida irradió buen humor—. Es un placer verte.

—Buenos días, Mr. Malcolm —dijo Selina con amabilidad.

—Parece que interrumpí una conversación bastante entretenida.

—Ah, no tiene importancia. No hacía más que comentar con Mr. Ossory una de las cartas que su tía le envió —explicó la muchacha. Mr. Malcolm, quien no había conocido a Mrs. Ossory, no podía hacer ningún tipo de comentario al respecto. Los tres se sumieron en un incómodo silencio.

—Quería preguntarle si tiene pensado asistir al baile que lady Hartley celebra esta noche —dijo Malcolm tras unos minutos.

—Tengo entendido que asistiremos, sí —contestó Selina.

—Excelente. Tal vez me conceda el honor de reservarme el primer vals y el baile previo a la cena.

—Sería todo un placer. —Selina se percató de que

no estaban haciendo partícipe a Mr. Ossory de la conversación y volteó para dirigirse a él—: Y usted, Mr. Ossory, ¿asistirá al baile de lady Hartley?

—No, por desgracia. No me han presentado a la anfitriona.

Mr. Malcolm apenas pudo reprimir una sonrisa triunfante; el hombre estaba más que complacido por ver que sus planes para alejar a Selina de su supuesto amigo aquella noche estaban saliendo bien. Entonces el azar quiso que su mirada se cruzara con la de la joven, que lo observaba con una expresión suplicante en aquel precioso rostro.

—Quizá pueda hacer las debidas presentaciones —se oyó decir, y a cambio se ganó una brillante sonrisa de Selina. No le satisfizo en demasía la amplia sonrisa de Henry, aunque se las ingenió para ofrecer una respuesta educada ante las efusivas señales de gratitud del caballero—. Los veré a ambos esta noche —sentenció Malcolm, y se fue con su caballo.

Selina y Mr. Ossory retomaron su paseo en calesa; pero, por una razón que desconocía, a Selina le resultó imposible hallar el mismo regocijo que había sentido hasta entonces en compañía de Mr. Ossory.

Al regresar a la mansión, Selina subió a sus aposentos y dio gracias por haber eludido a Julia. Quería descansar antes de la larga noche que la esperaba. La única vez que había asistido a un baile le había enseñado, hasta el momento, que no regresaría a casa al menos hasta altas horas de la madrugada.

Descorrió las cortinas que rodeaban su cama y se encontró a Julia echada sobre el colchón, completamente vestida y sumida en un sueño profundo.

—Julia —susurró Selina. No obtuvo respuesta de la joven—. Julia —repitió alzando un poco la voz, y con una mano la zarandeó con gentileza.

—¿Qué pasa? —preguntó Julia parpadeando—. Oh, vaya —dijo, y bostezó—. Estaba esperando que regresaras de tu paseo con Mr. Ossory. Parece que al final me quedé dormida.

—Eso parece, sí —dijo Selina.

—Bueno, cuéntame, ¿qué tal estuvo? —preguntó la joven sentándose en la cama.

—Fue una experiencia agradable.

—No me cabe la menor duda —dijo Julia—. Mr. Ossory parece un joven muy agradable.

—Lo es —afirmó Selina, y se cruzó de brazos. Se preguntó qué nuevo plan maquiavélico se estaba formando en aquel instante bajo los preciosos bucles de su amiga.

—No ha mostrado interés en ti, ¿verdad?

—¿Interés en mí? —preguntó Selina.

—Interés romántico, claro.

—Por supuesto que no.

Julia dejó escapar un suspiro de alivio.

—Debo reconocer que me complace escucharlo...

—Tan solo le interesa desposarme porque así se lo aconsejó su difunta tía —añadió Selina.

—Pero ¡no puedes casarte con él! Darías al traste con todos mis planes. ¿Cómo podría enamorarse de ti Mr. Malcolm si te comprometes con otro hombre?

—Sería un impedimento, desde luego —coincidió Selina.

—¡Estás disfrutando de todo esto! —la acusó Julia.

—Por favor, Julia, no te preocupes. No entra en mis planes convertirme en la prometida de Mr. Ossory. —Su amiga se relajó y empezó a sonreír—. Por ahora...

—¿Me estás diciendo que entra en tus planes convertirte en su prometida en algún momento de tu vida?

El semblante de Selina se tornó serio.

—No lo sé. Debo admitir que esperaba conocer a alguien en la ciudad con quien casarme, así me sería posible presentar a mis hermanas pequeñas en sociedad. Es más que evidente que mis padres no pueden permitírselo. Y me agrada Mr. Ossory. ¿A ti no?

En aquel momento, Julia se interesó muchísimo por el estado de sus uñas.

—Ya te dije que me resulta agradable —comentó.

—Es muy agradable. Y su tía quería que nos uniéramos en matrimonio. —Selina se echó sobre la cama junto a Julia—. Ya rechacé una oferta más que ventajosa para mí, y el caballero en cuestión no se equivocaba al afirmar que quizá no tendría otra oportunidad como aquella.

—¿Quién fue?

—Un tal Mr. Woodbury. Sesenta y cinco años, y era bastante robusto. Pero en el fondo sabía que no podía casarme con él, ni siquiera por el bien de mi familia. Sin embargo, Mr. Ossory es una persona pudiente y, como ya dijiste, más que presentable. ¿Tan malo sería que decidiera casarme con él, aunque me sintiera atraída hacia... otra persona?

—Espero que no te estés refiriendo a Mr. Malcolm. ¡Sería un desatino que permitieras que tu corazón albergara sentimientos por ese hombre! —dijo Julia.

—Tienes razón; Mr. Malcolm está fuera de mi alcance. Si la historia prosperara y pasara a mayores, lo más probable es que se dedicara a jugar con mis sentimientos. —Selina miró esperanzada a Julia, quien no le brindó más que un asentimiento de cabeza como respuesta—. Pues supongo que debería aceptar la propuesta de Mr. Ossory. Me cae lo bastante bien como para casarme con él.

Pero su decisión tampoco pareció contentar a su amiga.

—¡No debes precipitarte, no es necesario! ¡Me imagino que no querrás casarte con un caballero que solo quiere desposarte porque se lo pidió su tía!

—No sé lo que quiero —replicó Selina—. Es todo muy complicado.

—Es complicado, cierto —coincidió Julia—. Y todo es por culpa de Mr. Malcolm.

Selina puso los ojos en blanco ante la tendencia de su amiga de echarle la culpa a Mr. Malcolm por todo lo que ocurría, pero no podía discutírselo. La vida no le resultaría tan complicada si él no estuviera en ella.

5

Selina escuchó que alguien llamaba a la puerta justo cuando arreglaba los últimos detalles en su tocador. Antes de que tuviera oportunidad de contestar, la puerta se abrió y Julia entró apresuradamente en la alcoba.

Estaba engalanada para el baile, lucía un vestido de fiesta aguamarina cubierto por una capa de tela traslúcida de color plateado. Los diamantes le brillaban alrededor del cuello y las orejas. A ojos de Selina, parecía una princesa de un cuento de hadas, y así se lo hizo saber.

Julia se mostró complacida con el cumplido.

—Gracias. Tú también tienes muy buen aspecto, pero pienso que igual te gustaría tomar esto prestado para la velada —comentó mientras con un gesto señalaba la caja que portaba en la mano. La abrió y exhibió un collar y unos pendientes de rubíes.

—Son magníficos —declaró Selina—. Pero no me atrevería a tomar prestado algo tan valioso.

—Cómo crees —contestó Julia mientras sacaba el

collar de la caja y se lo colocaba a Selina en el cuello—. Tu cuello se ve desnudo sin él.

Selina tuvo que admitir que era cierto. Nada más llegar a la ciudad, se sorprendió al comprobar que lo que allí estaba de moda eran los vestidos de fiesta con un escote mucho más revelador de lo que ella acostumbraba. Adoraba su vestido color bronce, pero no podía negar que el escote conseguía cubrir gran parte de la carne expuesta.

—Bueno, si estás segura... —aceptó Selina a la par que admiraba su reflejo y se regodeaba.

Apenas se reconocía. La doncella de Julia le había peinado la melena en una trenza que coronaba la parte superior de la cabeza y había dejado unos cuantos mechones que escapaban descansando sobre su nuca. El vestido bronce parecía resaltar el fuego de sus cabellos y su piel, mientras que el collar rubí enriquecía todavía más el conjunto.

—Gracias, Julia —dijo. De vez en cuando su consentida amiga de la escuela la sorprendía con un bonito gesto.

—No es nada —respondió Julia—. No podemos permitir que Mr. Malcolm encuentre defecto alguno en tu apariencia.

—No, por supuesto que no —corroboró mientras suspiraba.

A Selina le sorprendió la alegría que le causó ver a Cassie aquella velada. Las acompañaba al baile de lady Hartley y no lo había visto desde que fue con ellas a su primer evento hacía ya unas cuantas noches. Sentía que podía relajarse con su presencia tolerante.

Hasta que le pisó un pie cuando la ayudaba a bajar del carruaje.

Selina gritó de dolor mientras Cassie se deshacía en disculpas; Julia lo reprendió por ser un zopenco torpe y Mrs. Thistlewaite revoloteó a su alrededor sin saber qué hacer a la par que decía: «Ay, cielos».

—No pasa nada —siseó Selina entre dientes al darse cuenta de que con el numerito estaban llamando la atención—. Si eres tan amable de ofrecerme el brazo, Cassie.

Selina caminó con tanta dignidad como le fue posible hasta el lugar donde daban el recibimiento, intentando apoyar todo su peso en el pie sano. Mientras esperaban su turno para saludar a la anfitriona, agradeció que el largo vestido escondiera el hecho de que estaba haciendo equilibrio sobre un pie.

Una vez que pasaron la recepción, se hundió aliviada en una silla que se encontraba en una esquina del salón de baile. Tanto ella como Julia se vieron inmediatamente rodeadas de caballeros que les suplicaban que les concedieran el primer baile, una cuadrilla. Selina se vio en un apuro. Si rechazaba a alguno de los caballeros, se vería privada de bailar durante el resto de la velada, pero sentía que debía descansar el pie antes de su próximo baile con Mr. Malcolm.

Cassie acudió en su rescate.

—Miss Dalton me prometió abstenerse de este baile conmigo —informó al resto de los caballeros.

—Gracias, Cassie —susurró ella a la par que meneaba el pie de atrás para delante. Tenía que estar lista para bailar con Mr. Malcolm, pues lo había estado esperando toda la tarde. Pensaba que, si descansaba el pie lo suficiente durante la canción, podría soportar bailar el vals.

Mr. Malcolm se le acercó cuando la música estaba llegando a su fin y el estómago de la muchacha se llenó de pequeñas mariposas en cuanto lo vio.

—Este es mi baile, si no me equivoco —declaró él.

Selina asintió antes de levantarse del asiento y colocar una mano sobre su brazo.

—Si me permite que se lo diga, está preciosa esta noche, Miss Dalton —la piropeó mientras la conducía hasta la pista de baile.

—Sí, se lo permito —contestó ella dirigiéndole una sonrisa traviesa.

Al principio, Mr. Malcolm pareció sorprendido, pero entonces le devolvió la sonrisa.

—Está extraordinariamente hermosa esta noche —repitió—. No hay mujer más bella en toda la sala.

—Se lo agradezco —dijo Selina con las mejillas encendidas—. Pero solo estaba bromeando.

—Ya lo sé, pero yo no —se jactó él.

La música comenzó y Mr. Malcolm le indicó los pasos de la danza. Durante los primeros minutos, Selina se olvidó de su pie maltrecho de tan ensimismada que estaba por la sensación de encontrarse entre los brazos de Mr. Malcolm y tener su rostro a unos pocos centímetros del suyo. Sin embargo, cuanto más bailaban, más le palpitaba el pie, hasta que comenzó a dar saltitos cada vez que los pasos del baile requerían que apoyara su peso en él.

—¿Le ocurre algo? —inquirió Mr. Malcolm, quien sin duda se preguntaba qué había ocurrido con la elegante mujer con la que había estado bailando hacía unos instantes. Selina se dio cuenta de que no podía continuar meneándose de arriba abajo como un pájaro y pensó que quizá, si le permitía a Mr. Malcolm cargar con mayor parte de su peso, se sentiría menos dolorida. Por tanto, en vez de apoyar la mano levemente sobre su hombro, comenzó a apretarlo con fuerza y los pocos centímetros que separaban sus torsos desaparecieron en cuanto Selina se pegó a él como una lapa.

Malcolm se sintió como alguien que había estado teniendo un sueño maravilloso hasta que se había convertido de forma repentina en una pesadilla. De un momento a otro había pasado de disfrutar de un romántico vals con la mujer más hermosa del salón, a interceptar las miradas anonadadas de los miembros de la alta sociedad mientras daba vueltas con la misma mujer en una posición que sería más aceptable en un burdel que en un salón de baile. Tenía que hacer algo y deprisa, así que se dedicó a medio bailar, medio arrastrar a Selina hasta la puerta más cercana. Cuando entraron en una estancia pequeña y oscura, Malcolm soltó a la joven de inmediato.

—No consigo comprenderlo. ¿Ocurrió algo? —volvió a preguntarle.

—Lo lamento mucho —se disculpó Selina mientras daba un paso en su dirección. Lo cual demostró haber sido un error, pues se había apoyado en su pobre y maltrecho pie, que se negó a sostenerla ni un minuto más. Comenzó a caer y, con un grito de sorpresa, alargó la mano y se agarró a Mr. Malcolm.

Malcolm se volvió a encontrar con Selina abalanzándose sobre su pecho, pero esta vez no se detuvo a preguntar por qué. Un rayo de luz entraba por la puerta parcialmente abierta e iluminaba a Selina, a quien rodeaba entre los brazos. Ella tenía la vista levantada hacia él, le brillaban los ojos, y los labios de ambos se encontraban apenas a unos centímetros. La muchacha respiraba entrecortadamente, su cuerpo cálido descansaba pegado al suyo, el vestido escotado exhibía sus exquisitos encantos ante su fascinada vista. Él se inclinó para acercarse más a ella con la intención de hacer desaparecer el espacio que separaba sus labios cuando escuchó:

—Mi pie.

—¿Qué? —preguntó él mientras se apartaba un poco.

Selina parecía un tanto mareada.

—Cassie me pisó el pie.

—Cassie le pisó el pie —repitió él sin poderse creer que aquella fuera la clase de conversación que estaba manteniendo mientras rodeaba a una hermosa mujer entre sus brazos.

—Pero esperaba con tanta ansia nuestro vals que pensé que, si no bailaba antes, no habría problema.

—Ya veo —comentó Mr. Malcolm con una sonrisa.

Se quedaron allí de pie sonriéndose el uno al otro, Selina todavía apoyada sobre el pecho de Mr. Malcolm.

—Y ¿cómo tiene ahora el pie? —le preguntó mientras comenzaba a bajar la cabeza hacia la suya.

—No siento nada —contestó ella antes de que le fuera imposible pronunciar ni una palabra más, pues él le cubrió la boca con la suya.

Los labios de Malcolm no habían hecho más que rozar los de Selina cuando la puerta de la estancia se abrió de par en par. Dieron un bote y se separaron con sensación de culpabilidad, aunque Malcolm se acordó de sujetar a Selina con uno de sus brazos. Ambos se quedaron quietos mientras parpadeaban en un intento de acostumbrar sus ojos a la repentina luz. Malcolm reconoció a Julia allí parada justo antes de que la puerta se cerrara igual de rápido que se había abierto.

—¿Eran esos Miss Dalton y Mr. Malcolm? —escuchó Malcolm que preguntaba la voz de un caballero.

—No, por supuesto que no. Eran lord y lady Athingamabotmy —explicó Julia.

—¿Disculpe?

—No importa quién fuera. Está claro que deseaban algo de privacidad.

—Pensaba que había dicho que Miss Dalton se encontraba en esa sala —manifestó el caballero cuya voz Malcolm empezaba a reconocer como perteneciente a Henry Ossory—. Me prometió el siguiente baile.

Las voces comenzaron a perder intensidad cuando la pareja se alejó y Mr. Malcolm intentó volver a rodear a Selina entre los brazos.

—Mr. Malcolm —protestó ella—, creo que deberíamos volver al salón de baile.

—Esa mujer es tremendamente inoportuna —le dijo Malcolm a Selina.

Esta sonrió trémulamente.

—Mucho —corroboró ella.

—¿Está segura de que quiere regresar al salón de baile? —inquirió Malcolm alentado por esa sonrisa. Era plenamente consciente de sus propios deseos y no tenían nada que ver con volver a aquel lugar.

—Sería lo correcto —declaró Selina.

—Sin duda lo sería, lady Athingamabotmy —contestó Malcolm mientras ayudaba a Selina a llegar hasta la puerta. Seguramente, la estaría acercando a su cuerpo más de lo estrictamente necesario, pero ella no se quejó. Se detuvo en el umbral y Selina levantó la vista para mirarlo. Se estaba apoyando en él con el brazo enlazado bajo el suyo y él se inclinó para decirle con un murmullo—: A veces el decoro puede ser un verdadero infierno.

Un cosquilleo de lo más inapropiado se formó en el vientre de Selina ante aquel tono tan íntimo y se vio obligada a coincidir.

Malcolm guio a Selina hasta una silla y después se fue para buscar algo de ponche. Mientras no estaba, se le acercaron Julia y Mr. Ossory.

—Buenas noches, Miss Dalton. Está usted espléndida esta noche —le dijo el hombre.

—Gracias, Mr. Ossory.

—Vengo a reclamar mi baile con usted.

Antes de que Selina pudiera contestar, Julia intervino.

—Se lesionó el pie y no va a bailar esta noche.

—Pero bailó con Mr. Malcolm —protestó Mr. Ossory.

—Exacto. Así fue como se lastimó el pie —mintió Julia.

—Entonces permaneceré sentado con ella durante esta pieza —le reveló Mr. Ossory a Julia; su agradable sonrisa empezaba a parecer un poco forzada.

Julia vio a Mr. Malcolm acercarse a ellos con una copa de ponche en la mano y se giró en dirección a Mr. Ossory para decir en voz muy alta:

—Cielos, gracias, Mr. Ossory, me encantaría bailar con usted.

—¿Qué? Pero yo no...

—Mr. Ossory, no hay por qué insistir. Ya le dije que será un placer bailar con usted —repitió cuando Mr. Malcolm le entregó a Selina la bebida. Julia arrastró a un perplejo Mr. Ossory a la pista de baile entre protestas.

Malcolm miró a Selina y sonrió.

—Quizá no sea tan tremendamente inoportuna después de todo —comentó.

6

Al día siguiente, durante el desayuno, Julia anunció su intención de celebrar una cena en su casa.

—No sé, querida, no sé si mi pobre salud podrá con algo semejante. ¿Una cena, dijiste? —preguntó Mrs. Thistlewaite.

—No te preocupes, mamá. Selina y yo nos encargaremos de todo.

—Y ¿a quién has pensado invitar?

—Pues no lo sé —dijo Julia lanzándole una rápida mirada a Selina—. Seguramente a Cassie y a su amigo, Mr. Malcolm, y a su amigo, Mr. Ossory.

—¿Una cena en la que los únicos invitados son caballeros solteros? Quizá también deberías invitar a alguna que otra señorita.

—Pero entonces la velada no sería equitativa. ¿Tú qué opinas, Selina? —le preguntó Julia a su amiga, quien no había intervenido en la conversación entre madre e hija. La joven no respondió de inmediato, así que Julia insistió—: ¿Selina?

Selina la miró, y entonces contestó:

—Discúlpame, estaba distraída. ¿Qué dijiste?

—Voy a organizar una cena y me preguntaba si querrías ayudarme con los preparativos —explicó Julia.

—Claro, cómo no.

—Si me lo permites, no parece que te hayan llegado buenas noticias con la carta.

—Es de mi madre. Me pidió que visite a la viuda de mi primo, Mrs. Covington, mientras estoy en la ciudad. —Selina arrugó la nariz, y continuó—: Solo la he visto una vez en mi vida, y esperaba no tener que repetir dicha experiencia.

—¿Por qué? ¿Qué le pasa?

—Nada, la verdad, pero no tenemos muchas cosas en común. Cuando la conocí yo no tenía más de quince años, y no me creyó cuando le conté que no tenía ningún pretendiente. Estuvo veinte minutos haciéndome cientos de preguntas al respecto, y al final se ofreció a encontrarme un esposo. No me quiero ni imaginar cómo reaccionará cuando sepa que sigo soltera a los veintidós. A mi edad, ella ya se había casado, había enviudado y se había vuelto a casar.

—Tal como la describes, parece una mujer bastante ordinaria. ¿Quieres que te acompañe? —se ofreció Julia.

—Como gustes. Vive en Hans Town.

—Qué zona tan poco elegante... Creo que nunca he visitado a nadie que viva en Hans Town. No sé qué debería ponerme para la ocasión. —Julia se cercioró de que su madre no podía oírla y, entonces, le susurró a Selina—: Pase lo que pase, no le comentes a Mr. Malcolm que tienes una prima tan vulgar. Cassie me contó que uno de los requisitos de su lista es «que tenga parientes refinados en la alta sociedad».

—Querida, alza un poco la voz. Ya sabes que mi oído no es el que era. ¿Sobre qué están cuchicheando, jovencitas? —preguntó Mrs. Thistlewaite.

Julia se volteó y, gritando un poco, se dirigió a su madre.

—De nada, mamá. Solo hablábamos de los preparativos para la cena. —Se centró de nuevo en Selina, y otra vez bajó el tono de voz—. Y, ya que hablamos del tema, en la cena tendrás que cantar y tocar el pianoforte. El talento musical es otro de los requisitos de la lista de Mr. Malcolm.

—¡Me sorprende que Mr. Malcolm ansíe una esposa cuando le sería mucho más sencillo contratar a un oso amaestrado de circo! —exclamó Selina alzando la voz por el enfado.

—No, no, querida. Un oso amaestrado no tiene cabida en una cena. Creo que será mejor que me encargue yo de los preparativos de la velada —dijo Mrs. Thistlewaite.

Mrs. Covington hizo pasar a Selina y Julia al pequeño salón de su departamento de Hans Town. Por lo visto, parecía que había agarrado los muebles de una residencia mucho más grande y había metido todo lo que había podido en el que era su actual domicilio.

Cuando Selina pudo observar bien a su prima, le pareció que Mrs. Covington había intentado la misma artimaña con su vestido. Las costuras del abundante pecho corrían grave peligro de estallar en cualquier momento.

Mrs. Covington era una viuda de treinta y ocho años que ansiaba aparentar quince y pesar diez kilos menos como poco. Llevaba puesta una bata juvenil en tonos rosados y blancos, y unos rizos con un brillo sobrenatural le rodeaban el rostro.

—Selina Dalton, ¡dichosos los ojos! La última vez que te vi, mi querido Arnie seguía vivo —exclamó Mrs. Covington.

—¿Cómo está, Mrs. Covington? —preguntó Selina.

—¿Mrs. Covington? ¿Por qué me llamas así? Conmigo déjate de formalidades, jovencita. Llámame Gertie, como hacía tu primo.

—Gertie, me gustaría presentarte a...

—Sí, estaba a punto de preguntarte quién era esta joven tan hermosa. Has tardado mucho en presentarnos. Por favor, disculpe a mi sobrina, miss...

—Thistlewaite —se presentó Julia.

—Válgame Dios, qué trabalenguas. Miss Thistlewaite. Miss Thistlewaite. Intenta repetirlo veinte veces —dijo Gertie, y soltó una sonora carcajada. Como respuesta, Julia consiguió esbozar una débil sonrisa.

—¿Dónde están mis modales? Por favor, tomen asiento. Estaba tan entusiasmada por recibir visita que casi las atendí en la puerta.

Selina y Julia apenas avanzaron un metro hasta la

habitación, y la segunda se tropezó con un diminuto escabel.

—Apártelo de un puntapié, Miss Thistlewaite. Hace tres años, tras la muerte de mi difunto marido, me vi obligada a economizar.

—Lamenté mucho la noticia de la muerte del primo Arnold —dijo Selina, y se sentó con cuidado al borde de un diván pequeño que estaba apoyado contra la parte delantera de un sillón. Selina se preguntó qué sentido tendría guardar un sillón en el que nadie podía sentarse.

—Sí, fue terrible, nadie se lo esperaba, la verdad. Estaba en la flor de la vida. El médico dijo que fue una apoplejía. En mi opinión, eso es lo que dicen cuando no saben qué le pasó al difunto. Pero bueno, ya está bien de hablar de desgracias. Me sorprende que todavía seas «Miss» Dalton, jovencita. Debes de tener unos veintitrés, ¿no?

—Veintidós, de hecho.

—Dios mío, cómo pasa el tiempo. Creo que la última vez que te vi tenías quince años. Estaba convencida de que una chica tan preciosa se casaría a los diecisiete. ¡Santo Cielo, a tu edad yo ya había enterrado a mi primer marido! Aunque, entre nosotras, no fue una gran pérdida. —Gertie se rio a carcajadas de su propia ocurrencia, y Selina habría jurado ver que uno de los botones del canesú de su prima salía volando—. Pero con Arnie fue otro cantar. La gente le decía que se había casado con alguien inferior, pero él les contestaba que el pedestal en el que me tenía era tan alto que estaba varios metros por debajo de mí. Fue muy caballeroso por su parte, y siempre se lo dije. Él me replicaba que no era más que la pura verdad.

Gertie se enjugó una lágrima, y Selina y Julia intercambiaron una mirada de incomodidad. Selina intentó darle las condolencias de nuevo a su prima, pero Gertie empezó a irse por las ramas.

Aunque durante la siguiente media hora Selina apenas pudo intervenir en la conversación, consiguió vocalizar los saludos de sus padres y, después, Julia y ella se prepararon para irse.

—No pensarán irse ya, ¿verdad? —preguntó Gertie.

—Pero, Gertie, ya llevamos más tiempo del que estipula el protocolo.

—Querida, ya sabes que a mí esas cosas me importan más bien poco. Ni siquiera me has hablado de tus pretendientes.

—Lo siento, prima, pero no puedo abusar más del tiempo de Miss Thistlewaite. Quizá pueda volver otro día... —Selina se sorprendió ante sus propias palabras. Empezaba a sentir lástima por la pobre Gertie, quien resultaba evidente que estaba muy sola y apenas recibía visitas.

—Qué maravilla. Y yo también podría pasar a visitarte. ¿Dónde dijiste que te quedabas?

Selina había evitado deliberadamente compartir cualquier clase de información sobre su hospedaje en la ciudad, pero se vio arrinconada y no le quedó más remedio que revelar la dirección de la mansión de los Thistlewaite.

Tras despedirse y hallar refugio en el interior del carruaje, Julia se volteó hacia su amiga y le preguntó:

—No te estarás planteando de verdad volver a visitarla, ¿verdad?

—Pues sí, creo que sí. Me pareció que estaba muy sola, ¿no?

—Casi se nos lanza al cuello de la alegría al vernos. No debe de recibir muchas visitas. —Julia y Selina permanecieron un rato en silencio—. Lo que debería hacer es encontrar a un hombre que desee desposarla. Es más que evidente que ansía encontrar otro marido.

—¿Qué te hace pensar eso? —preguntó Selina con evidente sorna.

Gertie casi se había pasado los treinta minutos de su visita hablando de hombres y de matrimonio. Julia hizo caso omiso a la burla de Selina, y se centró en sus pensamientos.

—Pero me temo que no conozco a nadie a quien podría parecerle una esposa adecuada. Es muy vulgar, muchísimo —dijo.

—También es bastante agradable —replicó Selina.

—Sí, creo que me cae bien. Aunque no voy a decir que tenga ganas de visitarla de nuevo. Siento que corro peligro constante de acabar aplastada por un mueble mal colocado.

—Yo llegué a pensar que me iba a ahogar —contestó Selina riéndose.

Sin embargo, cuando descubrió las verdaderas intenciones de Julia para organizar la cena, a Selina no le entraron ganas de reírse. Al parecer, Cassie le había contado a Julia que uno de los requisitos de la lista de Mr. Malcolm era «Que posea talento musical o artístico». Julia había planeado la cena para que ella tuviera la oportunidad de demostrar su talento en dichas artes.

Selina estaba hastiada de la lista de Mr. Malcolm. La joven sentía que, si esa condenada lista no existiera, la atracción que ambos sentían por el otro seguiría su curso natural. Que, en el caso de una señorita y un caballero, llevaba al cortejo y al consiguiente matrimonio. Si Julia no se hubiera entrometido, Selina habría podido disfrutar sin reservas de las atenciones de Mr. Malcolm, sin estar todo el tiempo sintiéndose culpable por participar en un ardid tan despreciable como aquel.

Selina detestaba aquella sensación. Era una muchacha abierta y honesta por naturaleza, y le desagradaba cualquier clase de engaño, por pequeño que fuera. Y en especial le desagradaba la farsa en la que Julia la había metido, así que decidió dejar de participar en ella. Selina se planteó qué pasaría si no cumpliera uno de los requisitos de la lista de Mr. Malcolm. Seguramente toda aquella pantomima se acabaría.

Llegó la noche del martes, fecha en la que Julia celebraba su cena, y Selina estaba resuelta a descubrirlo.

Se trataba de una reunión con una breve lista de invitados: las dos mujeres Thistlewaite, Selina, lord

Cassidy, Mr. Malcolm y Mr. Ossory. Cassie acompañó a su tía hasta la mesa principal, los seguían Mr. Malcolm y Selina, y tras ellos iba Julia acompañada por Mr. Ossory. Selina empezaba a sospechar que su amiga sentía cierta atracción por Mr. Ossory. Así lo demostraba su presencia en la lista de invitados, pues, si bien Julia afirmaba que Mr. Ossory suponía una amenaza en sus planes para humillar a Mr. Malcolm, había decidido invitarlo a la cena. Mas era toda una desgracia que para Mr. Ossory Julia no fuera más que un incordio y que siguiera decidido a cortejar a Selina. Sin embargo, el hombre fue todo un caballero y conversó con Julia por cortesía durante todos los platos que se sirvieron en la cena, y no desvió la mirada hacia Selina, sentada justo enfrente, más que en un par de ocasiones.

Selina se sentía un poco cohibida en compañía de Mr. Malcolm, pues aquella era su primera reunión desde la noche del desastroso vals y el beso fallido. La joven intentó conversar con Cassie, que cenaba a su lado, pero el primo de su amiga parecía demasiado absorto en su comida y a Selina no le quedó más remedio que seguir charlando con Malcolm. Por desgracia, la primera pregunta que hizo el hombre fue sobre la lesión del pie que había sufrido.

—Estoy bien, gracias por preguntar —contestó ella, y un rojo intenso se apropió de sus mejillas.

—Qué lástima —respondió él con una sonrisa pícara en el rostro.

—¿Acaso le parecía que rezumaba elegancia saltando de un lado a otro como si fuera un pajarito herido?

—No, desde luego que no. Me gustó mucho más cuando dejó de saltar y se posó sobre mí, por seguir con su analogía.

—Quizá no deberíamos seguir con esta conversación —respondió ella, y le lanzó una mirada de advertencia.

—Ciertamente, sería toda una lástima no hacerlo, con lo adorable que se pone al sonrojarse. Pero, si insiste, sería una descortesía por mi parte continuar con la conversación.

—Se lo agradezco —dijo Selina, e hizo un esfuerzo titánico por no sonrojarse.

Hubo un corto silencio entre ambos, tiempo en el que Malcolm se centró en su comida y Selina se las ingenió para recomponerse. Entonces el caballero le preguntó:

—Dado que me pidió que cambie el tema de nuestra charla, dígame: ¿qué opinión le merece la legislación de la construcción de iglesias?

—Es una pregunta muy seria para hacerla durante la cena. Me resulta de muy mal gusto hablar de política antes de que sirvan el plato principal.

—No le faltará razón. Sin embargo, me encantaría escuchar su opinión al respecto.

Selina miró a Mr. Malcolm, cuyo semblante se había endurecido de pronto. «Santo Dios, me está poniendo a prueba», pensó ella sorprendida. Se percató de que la ansiedad de verse bajo la mirada crítica del caballero la atormentaba y en ese momento no se le ocurría nada que decir. ¿Y si se equivocaba con su respuesta? ¿Qué quería él que dijera?

De pronto, sintió un impulso vigorizante de rabia al que siguió una tranquilidad maravillosa. ¿Cómo se atrevía aquel caballero a juzgarla? A ella no le importaba lo que ese hombre pudiera llegar a pensar de su persona.

—Bueno, como hija de un vicario, es evidente que me importa que haya templos disponibles para todos. Sin embargo, no puedo evitar pensar que el millón de libras esterlinas que se destinan a ese propósito es una cantidad exorbitante. Yo creo que, con esta medida, nuestros gobernantes intentan contener a los radicales y mantener a raya a los anárquicos. Pero podrían utilizar una parte de esos fondos a mejorar la vida de los pobres y, por consiguiente, lograr el mismo propósito de una forma mucho más cristiana. No concibo que a Jesús, Nuestro Señor, quien «no tenía donde recostar la cabeza» y daba de comer a los pobres, le complaciera una elaborada edificación construida en su nombre, mientras sus feligreses apenas tienen nada que llevarse a la boca.

Durante su monólogo, la vehemencia de Selina había aumentado; y, al darse cuenta de que había empezado a alzar la voz, se calló con cierto aire de vergüenza y miró al caballero.

—Le pido disculpas por el sermón, pero me pidió mi parecer.

—Y tendría que habérmelo esperado al preguntarle

a la hija de un vicario. Estoy convencido de que ni su propio padre habría dado una respuesta tan elocuente —le dijo con una sonrisa.

—¿Qué opina usted al respecto?

—La verdad es que comparto su pensamiento —contestó Malcolm—. Aunque no creo que lo hubiera podido expresar tan bien como lo hizo usted.

Selina, al ver la aprobación en su mirada, se percató de que había superado la prueba. Sintió un momento de satisfacción, hasta que recordó que había empezado la velada con la determinación de no cumplir con sus requisitos.

Cuando los caballeros se reunieron con las muchachas tras la cena, y Julia anunció que disfrutarían de un poco de música, Selina recordó cuáles eran sus intenciones iniciales.

—Selina, ¿nos honrarías con una canción? —preguntó Julia.

—Lo lamento, Julia, pero carezco de habilidades musicales. Sería un castigo para los presentes obligarlos a escucharme cantar.

Hubo varias reacciones ante la tranquilidad con la que Selina hizo semejante anuncio. Cassie parecía contento, como si para él fuera un castigo tener que escuchar a una muchacha tocando el pianoforte, ya tuviera habilidades musicales o no. Mr. Ossory mostraba la misma afabilidad de siempre, e incluso sonrió ante la confesión de Selina. En cambio, la joven pensó que Mr. Malcolm parecía un poco disgustado, y quizá

hasta sorprendido. Por supuesto, Julia lucía contraria-
da, pero logró soltar una risita.

—Ay, Selina, eres muy graciosa. Claro que posees
dotes musicales. Yo misma te oí tocar anoche. Es muy
talentosa —le aseguró a Mr. Malcolm.

Selina se planteó la posibilidad de replicarle, pero
Julia parecía implacable y decidida a que Selina tocara
para ellos, conque la joven vio que no era el momento
de montar una escena. No le quedaba más remedio
que tocar para sus invitados. «Pero —pensó mientras
tomaba asiento frente al pianoforte— eso no implica
que deba tocar bien.»

Se decidió por interpretar una sonata de Beetho-
ven, resuelta a equivocarse al tocar gran parte de las
notas, pero vio que tal hazaña era más fácil de decir
que de hacer. En cuanto posó los dedos sobre el te-
clado, estos fluyeron de forma automática por las te-
clas, y presionaba las notas que había memorizado y
le salían de forma natural. Ya llevaba media sonata
cuando se percató de que era demasiado tarde para
convencer a su público de que no sabía tocar el pianoforte.

Al terminar, miró con timidez a sus oyentes. Cassie, quien se había creído sus palabras al afirmar
que no poseía talento musical alguno, intentó con-
solarla.

—No lo hizo tan mal —dijo, y la animó con una
sonrisa.

—Querido amigo, no es que no lo haya hecho mal.
Es que fue magnífico —expresó Malcolm—. Pero,

Miss Dalton, no lo comprendo. ¿Por qué intentó hacernos creer que no tiene dones para la música? ¿Tal es la aversión que siente a actuar delante de otras personas?

—No, no es eso —replicó Selina preguntándose cómo podría explicar ese comportamiento tan estrambótico—. Pensé que, si afirmaba que carecía de talento, cualquier espectáculo que les ofreciera les resultaría aceptable.

—Fue más que aceptable —dijo Mr. Ossory—. Deléitenos con otra canción.

—No, no, ahora es Julia quien debe entretenernos —contestó Selina volteándose hacia su amiga—. ¿Quizá querrías cantar para nosotros? Julia posee una voz magnífica para el canto —comentó Selina a los demás.

Con modestia, Julia rechazó la invitación, aunque era evidente que no le terminaba de desagradar la idea. Era su oportunidad de brillar ante Mr. Ossory. Era una cantante muy talentosa, y Selina pensó que estaría estupenda cantando frente a ellos, con ella al pianoforte como acompañante.

Selina había centrado tanto sus pensamientos en Mr. Malcolm que apenas le había dado importancia a la conversación que había mantenido con Mr. Ossory. Se preguntaba si no estaba cometiendo un error al no alentar sus propuestas. Era más que evidente que Mr. Ossory era todo un caballero, joven y estimable, y Selina pensó que con él tendría una vida acomodada. Pasó de contemplar a Mr. Ossory y desvió la mirada a Mr. Malcolm, que la observaba en ese momento. Entonces, al mirarlo, se le aceleró el corazón a un ritmo enloquecido que no había sentido con Mr. Ossory. Y, de pronto, el pensamiento de disfrutar de una «vida acomodada» le resultó muy insatisfactorio.

7

El día después de la cena, Julia, Selina y Cassie estaban sentados en el salón principal de la familia Thistlewaite mientras comentaban el éxito de la fiesta celebrada la noche anterior. Selina tuvo la extraña sensación de haber vivido antes aquel momento y se acordó de su primer encuentro hacía tres semanas, cuando llegó a la ciudad. Parecía que fue hace mucho cuando se sentaron en ese mismo salón y tramaron su treta para cautivar a Mr. Malcolm.

En el presente, Selina sentía su propio corazón en peligro.

Sin embargo, Julia mostraba un optimismo excesivo con su progreso hasta la fecha, e incluso Cassie, a quien le habría encantado contradecir a su prima, pensaba que Selina había cautivado a su amigo. Cassie les confesó a las muchachas que, pasada la cena, Malcolm había hablado muy bien de ella.

—Dijo que te admiraba muchísimo. Al principio le impresionaste con tu agudeza y tu sentido del humor, pero le preocupaba que no fueras lo bastante seria, lo cual auguraba una personalidad inestable. Sin embargo, según él, tras lo de anoche ese miedo quedó sepultado.

—«No lo bastante seria. Una personalidad inestable.» Ciertamente juzga de forma precipitada —dijo Selina irritada—. ¿Qué? ¿Acaso debía entablar un debate político en mitad de un baile?

—¿Lo ves, Selina? Es justo como te conté. No hay forma de contentar a ese hombre. Si no hubieras estado bromeando con él, con toda seguridad te habría tildado de no tener sentido del humor —declaró Julia.

Cassie reparó en que, una vez más, se las había apañado para meter la pata.

—Es probable que lo haya citado de forma incorrecta. A veces usa palabras excesivamente largas... Se deshizo en elogios. Dijo que Selina cumplía con casi todos los requisitos de su lista, pero que aún quedaban unos cuantos en los que debía ponerla a prueba.

—Conque esto es a lo que tengo que aspirar, ¿no es así? ¿A que Mr. Malcolm me ponga a prueba? —preguntó Selina.

Antes de que Cassie pudiera contestar, los interrumpió Reeves, quien venía a anunciar a un visitante.

—Mrs. Covington —entonó el mayordomo.

—Buenos días, buenos días —saludó Gertie en cuanto accedió a la estancia. Estaba resplandeciente, ataviada con un vestido que lucía un escote indecentemente pronunciado para tratarse de ropa de tarde y con los cabellos rubios cubiertos con una enorme capota engalanada con flores.

—Prima Gertie. Cómo me alegro de volver a verte —dijo Selina mientras dirigía la mirada a Julia.

—Por favor, siéntese, Mrs. Covington —invitó Julia.

—Pensaba que habíamos quedado en que era Gertie y que yo te llamaré Julia. Dios sabrá por qué me cuesta tanto pronunciar tu apellido sin escupir, aunque supongo que no debería admitirlo.

Selina estuvo de acuerdo en que habría sido mejor que no lo hubiera hecho; pero, antes de que tuviera la oportunidad de poner en palabras cualquier opinión que ello le mereciera, Cassie dirigió la atención a sí mismo con una tosecilla y Julia se lo presentó a Gertie.

Esta enmudeció durante treinta segundos al percatarse de que estaba en presencia de un lord y, en medio de aquel inusual silencio, Reeves anunció a otro visitante.

—El honorable Mr. Malcolm —anunció.

—¡Cielo santo! Un honorable caballero y un lord —exclamó Gertie, y Selina notó una punzada de vergüenza ajena.

Una vez más, Julia llevó a cabo las presentaciones y Mr. Malcolm proclamó sentirse honrado de conocer a Mrs. Covington.

—Uy, no, Mr. Malcolm, soy yo la que se siente honrada. Aunque no estoy totalmente segura de lo que significa ser un honorable. Es el mayor título después de lord, ¿me equivoco?

—Soy el hijo menor de un conde —informó Malcolm, quien parecía un poco desconcertado.

—Cielos, pues es una verdadera pena. Porque tiene usted el aspecto de un lord, mucho más que este joven caballero de aquí —reveló Gertie mientras señalaba a Cassie—. No se ofenda, milord. Parece buena persona, pero Mr. Malcolm tiene un aspecto mucho más majestuoso.

—No es ofensa. Sé que no soy de índole regia —la excusó Cassie.

Julia decidió que ya era hora de que alguien se hiciera con las riendas de la situación.

—Cassie, estoy segura de que a Mrs. Covington le encantaría dar un paseo en calesa. No creo que salga mucho y disfrutaría de semejante excursión, ¿no es así, Mrs. Covington?

—Sería un verdadero placer, pero quizá milord ya tenga otros planes para la tarde.

Cassie comenzó a asentir, pero se topó con una mirada autoritaria de su prima.

—No... estoy libre. Me encantaría llevarla a dar una vuelta.

—Vaya, pues muchas gracias. Me alegro de haberme vestido acorde con la situación. Iba a ponerme otro atuendo, pero he decidido que resultaba un poco inmaduro. No hay nada peor que una mujer de veintitantos que viste como una debutante.

Nadie supo qué responder ante tan obvia mentira, así que Cassie puso fin al silencio al sugerir que se irían.

—Por supuesto, por supuesto. Si hay algo que he aprendido tras caminar hasta el altar dos veces es que a los caballeros no les gusta que los hagan esperar. Julia, Selina, volveré a visitarlas pronto.

—Lo esperaremos ansiosas —aseguró Selina, y Cassie y Gertie abandonaron el salón.

—¿De qué se conocen ustedes y Mrs. Covington? —preguntó Malcolm a las señoritas una vez que la mujer se hubo ido.

—Es... —comenzó Selina.

—Mi prima —interrumpió Julia.

Selina miró confusa a su amiga: se preguntaba por qué reivindicaría a Gertie como familiar suya cuando a ella misma le costaba hacerlo.

—Prima política, eso sí —aclaró la joven.

—Ya veo. ¿Y su presencia indica que ha decidido presentarla en sociedad? —inquirió Mr. Malcolm.

—Uy, no. No, por supuesto que no. Es solo que he notado que se sentía sola desde la muerte del primo...

—Arnold —susurró Selina.

—Arnold —continuó Julia—. Así que le hice una visita y la invité a hacer lo mismo. No quería que se quedara en casa ella sola y ociosa.

Se hizo un silencio incómodo entre los presentes en el salón. Malcolm había ido a invitar a Selina a dar una vuelta en calesa con él, pero le resultaba incómodo hacerlo tras el comentario de Julia acerca de no querer que Mrs. Covington se quedara sola en casa sin hacer nada. Selina todavía estaba enfadada con él por los comentarios que le había hecho a Cassie, mientras que Julia se preguntaba cómo podría manipularlos a ambos para crear una situación en la que pudieran estar los dos juntos a solas.

Mrs. Thistlewaite entró en el salón en ese mismo instante, algo sorprendida al conocerse el centro de toda la atención.

—Uy, perdón —se disculpó como si hubiera irrumpido en el salón de otra persona y no en el suyo propio—. No pretendía interrumpir.

—No hay ningún problema, Mrs. Thistlewaite. Estaba a punto de irme —declaró Malcolm antes de girarse hacia Selina—. Me preguntaba, Miss Dalton, si querría ir a dar una vuelta en carruaje conmigo.

—Ah. Eso sería maravilloso —contestó Selina sin ningún entusiasmo.

Mr. Malcolm la contempló de forma inquisitiva antes de decir:

—No tiene por qué venir si no quiere.

—Por descontado que quiero. Deje que vaya a por mi capota —indicó mientras se levantaba y abandonaba la estancia. Julia también se excusó a sí misma para seguirla hasta la alcoba.

—Selina —dijo Julia una vez estuvo en su cuarto—. No le digas a Malcolm que Gertie es tu prima. Uno de los requisitos en su lista es «que tenga parientes refinados».

—Así que por eso has anunciado que era tu prima. Debo admitir que me pareció un tanto extraño.

—Sí, bueno, pensé que sería lo más inteligente. Así que no le menciones lo contrario a Mr. Malcolm...

—No lo haré, Julia —aseguró Selina mientras se ponía la capota—. Te prometo que seré todo lo que él ansía en una mujer: perspicaz, divertida, seria, formal, refinada, musical... todo al mismo tiempo.

—Excelente —dijo Julia. Selina dejó escapar un suspiro exasperado y su amiga la miró sorprendida—. Selina, ¿ocurre algo?

—No, pues claro que no, ¿qué podría ocurrir? Simplemente me preparo para mi papel.

Por fin Julia se percató de que estaba siendo de todo menos sincera.

—Sé que esto no es agradable para ti, Selina, pero terminará pronto.

—Sí, lo sé. No estoy segura de si eso es mi mayor esperanza o el peor de mis miedos —reveló con un suspiro y, tras mirarse una última vez en el espejo, abandonó la alcoba.

Mr. Malcolm y ella pasaron los primeros minutos del paseo en silencio hasta que él habló por fin.

—Está muy callada esta tarde.

—Le ruego que me disculpe —contestó Selina—. El clima es encantador, ¿no le parece? —preguntó en un intento de aparentar estar de mejor humor.

Malcolm levantó la vista al cielo, que estaba repleto de nubes oscuras de aspecto amenazador.

—Por favor, no se sienta obligada a entablar conversación. Prefiero mil veces antes el silencio a aquellos que divagan sin tener nada que decir, como esa tal

Mrs. Covington. Era una persona bastante peculiar, ¿no cree? Me alegro de no estar cortejando a Miss Thistlewaite.

—¿Disculpe? ¿Qué quiere decir con eso?

Malcolm pareció un tanto sorprendido ante la vehemencia con la que habló.

—Nada, en realidad. Lo que quiero decir es que es evidente que me gustaría que los parientes de mi futura esposa poseyeran un mínimo de elegancia, ¿no le parece?

—¿Y qué si no fuera así?

—Cielos, hoy se la ve feroz. No entiendo por qué está así de disgustada cuando, después de todo, es una cuestión irrelevante. No estoy cortejando a Julia Thistlewaite, estoy cortejando... —Se pausó con aspecto cohibido—. Bueno, creo que es evidente a quién estoy cortejando, ¿no?

—Pero si estuviera cortejando a Julia y conociera a Mrs. Covington, ¿eso afectaría la opinión que Julia le merece?

—Pues debería, ¿no cree? Es decir, es algo que se debe tener en consideración cuando uno se plantea casarse con otra persona. —Malcolm observó a Selina, que fruncía el ceño—. ¿Por qué está tan seria? No me diga que tiene un pariente igual de vulgar que Mrs. Covington.

Selina esbozó una sonrisa forzada.

—No, no le voy a decir eso.

«No después de que Julia me lo haya prohibido», pensó Selina.

—Me alegra oírlo.

Habían llegado al parque y Mr. Malcolm le hizo un gesto con la cabeza a alguien que pasaba en otro carruaje, pero no se detuvo. Contempló a Selina y dudó de si debía llevarla de vuelta a casa. Estaba claro que estaba disgustada con él. Quizá había considerado que su actitud para con Mrs. Covington era arrogante. Pero, incluso antes de aquello, parecía estar de mal humor. De repente le vino a la cabeza que quizá a ella no le gustaba. Era una idea novedosa, pues estaba acostumbrado a que las mujeres de toda condición lo adularan. Por primera vez se le ocurrió que, aunque cumpliera con todos los requisitos de su lista, quizá ella no aceptaría su petición de mano.

Aquella tarde estaba excepcionalmente hermosa ataviada con un vestido de viaje color bermejo que combinaba con sus cabellos. Su belleza lo dejaba sin palabras cada vez que la veía, aunque no fuera la mujer más hermosa que había conocido en su vida. Lo que más le fascinaba era algo más que su apariencia exterior, aunque debía admitir que ciertamente la encontraba muy atractiva. Sin embargo, también le atraían los rasgos de su personalidad: su vitalidad, humor, inteligencia y amabilidad. Era todo lo que deseaba en una mujer. Se preguntó de repente qué era lo que ella deseaba en un hombre.

—¿Por qué vino a Londres, Miss Dalton? —le preguntó.

Ella pareció algo sorprendida ante la inesperada pregunta y se hizo un breve silencio mientras rumiaba la respuesta.

—Porque me sentía sola —admitió finalmente.

—Qué curioso —dijo Mr. Malcolm, y ella lo contempló—. Yo también me sentía solo antes de que usted llegara a Londres.

Como respuesta Selina sonrió, y Malcolm sintió como si el sol por fin hubiera salido, por más que todavía estaba tremendamente nublado.

—Voy a dar una fiesta en mi propiedad de Kent y me encantaría que viniera —informó él.

—Me siento honrada por su invitación, pero soy la invitada de las Thistlewaite...

—Ah, también voy a invitarlas. Y a Cassie, por supuesto.

—¿Y a Mr. Ossory?

—Si es lo que usted quiere —aseguró Malcolm, aunque no le agradó demasiado que pensara en él así de rápido—. Mi madre vendrá para ejercer de anfitriona. He pensado que quizá a sus padres también les gustaría venir.

—Gracias. Les escribiré para preguntarles —dijo ella.

—Si me da su dirección, será un placer enviarles una invitación.

Selina le dio la información, aunque no sabía qué pensar acerca de la celebración. Sin duda sus padres creerían que estaba a punto de desposarse al recibir una invitación a la casa de un hombre al que no habían conocido antes. Las cosas iban demasiado deprisa y a Selina le daba miedo que el clímax fuera a llegar igual de rápido. Y, mientras se viera involucrada en aquel estúpido ardid ideado por Julia, no le cabía duda de que el final no sería feliz.

El resto del paseo transcurrió de forma más amigable que al principio, y Selina comenzó a olvidar su enfado con Mr. Malcolm para sentir cómo afloraban los sentimientos que realmente sentía por él. En verdad disfrutaba de su compañía. Y cuando él la agarró de la cintura para ayudarla a bajar de la calesa, de nuevo volvió a percatarse de la fuerza de la atracción física que él despertaba en ella. Se sentía emocionada y nerviosa cuando estaba con él, algo que jamás se le habría ocurrido que viviría a sus veintidós años.

Pero, entonces, ocurrió algo que hizo que Selina volviera a sumirse en su previa indecisión. Cuando Malcolm la soltó por fin y ella se dio la vuelta para caminar hacia la casa, descubrió que su vestido, por alguna extraña razón, había acabado bajo el pie de su acompañante. Oyó un fuerte rasgón y Selina observó consternada que le había arrancado el volante del bajo del vestido.

Malcolm se disculpó de inmediato y, cuando Selina levantó la vista para asegurarle que no pasaba nada, comenzó a preguntarse si todo aquel incidente no habría sucedido de manera premeditada. No parecía sorprendido o arrepentido, sino que la miraba de forma inquisitiva, como si estuviera juzgando su reacción.

«¿Acaso es otra de sus estúpidas pruebas?», se preguntó mientras ponía rumbo a la casa de nuevo y volvía a asegurarle que no la había importunado.

—Siento ser así de torpe, pero me alegra ver que me ha perdonado tan fácilmente —le confesó Mr. Malcolm.

—Uy, no soy de las que guardan rencor, y mucho menos por un incidente tan nimio como un volante roto —aseguró Selina; cuando Malcolm esbozó una enorme sonrisa, supo que una vez más había cumplido con uno de los requisitos de aquella condenada lista.

8

Mr. Malcolm acompañó a Selina de vuelta al salón principal de la casa de las Thistlewaite y, antes de irse, invitó tanto a Julia como a Mrs. Thistlewaite a la fiesta que celebraría en su casa. Julia se regocijó ante la mención de una fiesta, sobre todo cuando descubrió que Mr. Ossory también estaba invitado.

—Selina, te quedarás con la boca abierta al ver la mansión Hadley —comentó Julia—. La construyeron hace unos cien años, es de estilo palladiano y posee un vestíbulo inmenso que está considerado una de las salas clásicas más refinadas de toda Inglaterra.

—Por cómo la describes parece bastante impresionante. ¿Ya has estado allí?

—No, en realidad no, pero he leído sobre el tema. Siempre he deseado verla en persona. Y ahora tendré la oportunidad de hacerlo.

Por lo visto, Julia no parecía sentir ni una sola punzada de remordimiento por aceptar de buena gana la hospitalidad de un hombre contra el que había trazado un plan de venganza. Selina no podía más que reflexionar en lo conveniente que era tener la conciencia tan tranquila. Ella, en cambio, pensaba en su visita con muchísima aprensión.

Pero tampoco podía negar que sentía un cierto ápice de curiosidad. Conocería a la madre de Mr. Malcolm y podría ver su propiedad de Kent. Esperaba que, en un escenario semejante, pasasen más tiempo juntos del que habían compartido en Londres. Por fin podría descubrir si Malcolm era el desvergonzado arrogante que Julia afirmaba sin cesar que era, e incluso el que él dejaba entrever en algunas ocasiones, o si en realidad era el hombre de sus sueños, como la joven quería pensar.

Selina se preguntó si se habría sentido diferente con Mr. Malcolm de no haber sido consciente de la existencia de su lista de requisitos. Debía admitir que así habría sido. Si la joven no supiera a ciencia cierta que la estaban evaluando como a un par de zapatos nuevos, la situación no sería tan desconcertante. A fin de cuentas, la propia Selina estaba comparando a Mr. Malcolm con sus propios criterios, aunque no era tan descarada en sus juicios. Ella también tenía requisitos que deseaba que cumpliera su futuro marido. No se trataba de arrogancia, sino de practicidad.

Y, hasta aquel momento, Mr. Malcolm había cumplido de sobra con todos los requisitos de Selina, salvo uno: la joven necesitaba que su esposo fuera una persona humilde.

Julia le comentó a Selina que había un último baile al que quería que asistieran ambas antes de irse de la ciudad.

—En una situación normal, no me habría molestado en asistir, dado que la anfitriona de la fiesta es lady Cynthia Sommers. Todo el mundo sabe que sus esfuerzos por encontrar un esposo son cada vez más desesperados; pero le pregunté a Mr. Malcolm si iría, y confirmó su asistencia. Así que nosotras debemos ir también.

—¿Y Mr. Ossory estará también en la fiesta? —preguntó Selina.

—Si mal no recuerdo, mencionó que iría, sí. Ese hombre se ha convertido en un gran inconveniente. Tendré que distraerle otra vez, o si no acaparará tu tiempo toda la noche, seguro.

—Te agradezco que te esfuerces tanto por mí... —dijo Selina.

Julia, quien o bien no entendió el deje de sarcasmo en el comentario de Selina, o bien no quiso entenderlo, se limitó a decirle que carecía de importancia.

Selina no se disgustó al saber que debía asistir a un último baile. Disfrutaba muchísimo bailando, y las fiestas a las que la habían invitado desde su llegada a la ciudad dejaban en evidencia a las reducidas reuniones que se celebraban en su pueblo natal. En Bath, los salones de celebraciones eran preciosos, pero Mrs. Ossory no tenía por costumbre acudir a estas reuniones, así que Selina solo había podido asistir a una durante su estancia allí. Julia le había contado que en Londres, durante la temporada, se celebraba un baile todas las noches y que lo habitual era que cada noche se asistiera a dos o tres veladas diferentes, por lo que la oferta de distracciones de la que disfrutaban en aquel momento le resultaba irrisoria en comparación. Pero Selina no estaba acostumbrada a un estilo de vida tan hedonista; al contrario que su amiga, estaba encantada de no haber llegado a Londres en plena temporada. Así, en vez de sentir hastío, podía esperar con ilusión y emoción cada una de las veladas a las que asistía.

Ilusión y emoción era lo que sentía ante el baile de aquella noche, desde luego. Aunque debía admitir que, si Mr. Malcolm no fuera a asistir a aquella fiesta, la joven no sentiría tal expectación.

Lady Cynthia y sus padres los recibieron cuando llegaron a su casa. Tal era la belleza de la anfitriona que Selina no comprendía por qué estaba tan desesperada por conseguir esposo. Sin embargo, bien era verdad que la expresión arrogante de la que hacía gala lady Cynthia eclipsaba su belleza, y Selina se planteó que quizá era la personalidad de la joven lo que mermaba sus posibilidades. La única persona de su grupo que recibió una sonrisa de lady Cynthia fue Cassie, quien se ruborizó y agachó la cabeza. Entonces Selina comprendió que Julia no le había dicho más que la verdad: solo las más desesperadas de las mujeres le brindarían una sonrisa tan seductora a Cassie.

Mr. Malcolm se acercó a Selina en cuanto ella entró en el salón de baile. La joven se percató de que el hombre había estado aguardando su llegada, y le embargó una ola de emoción. Con el paso de los días sentía que podía bajar la guardia que con tanto mimo había construido alrededor de su corazón, y confiarle así su cuidado a Mr. Malcolm. Desde luego, parecía que el interés del hombre por ella era genuino. Sobre todo cuando la miraba como en aquellos instantes.

—Buenas noches, Miss Dalton —dijo con una reverencia.

—Mr. Malcolm —respondió ella imitándolo.

—¿Me concedería este baile?

—Encantada.

Sin embargo, al ver que la banda tocaba una cuadrilla la alegría disminuyó; esperaba poder disfrutar de un vals, aunque se lo pasaba de maravilla bailando, sobre todo con Mr. Malcolm, y cuando Julia y Cassie se unieron a ellos los saludó con una sonrisa. Otra pareja a la que Selina no conocía se puso a su lado y, entonces, lady Cynthia llegó con un caballero de mediana edad con un aspecto un tanto desaliñado. Selina se quedó consternada al pensar que tendría que tocar la mano de dicho caballero.

Pero, en cuanto sonaron las primeras notas, se olvidó por completo de lady Cynthia y su pareja de baile. Descubrió que jamás había bailado una cuadrilla como aquella. Malcolm seguía los pasos a la perfección, sin embargo era más que evidente que tenía toda su atención puesta en Selina. De pronto el baile se transformó en una especie de juego del gato y el ratón; la alejaban de Mr. Malcolm para, después, volver a enviarla a él, al agarre de su mano, cálida y firme. El hombre solo dejaba de mirarla cuando los pasos del baile lo obligaban a ello. Selina no podía más que sonreír, una sonrisa de pura alegría. Y no se percató de la expresión cada vez más sombría de lady Cynthia.

Cuando el baile finalizó, Mr. Malcolm la acompañó fuera de la pista. Apenas dijo un par de palabras, en el que no fue más que un paseo por el perímetro del salón de baile. Al final, la guio hasta una silla que estaba semioculta tras una columna.

—Espéreme aquí, por favor —le indicó—. Iré a por algo de beber. Debería llevarla con Miss Thistlewaite, pero creo que voy a cometer un acto de egoísmo y a quedarme con usted un rato más.

—Yo también debo de ser una persona egoísta, pues no logro encontrarle fallo alguno a su plan —respondió Selina.

Mr. Malcolm esbozó una sonrisa, se llevó la mano de ella a los labios, y se fue. Selina se quedó con la mirada perdida, distraída, mientras dejaba que los sonidos de la música y el murmullo de las conversaciones flotaran a su alrededor. Hasta que oyó que alguien mencionaba el nombre de Malcolm; se enderezó en su asiento, sorprendida, y prestó atención a la conversación.

—¿Qué opina de todas las atenciones que presta Mr. Malcolm a Miss Dalton? —preguntó un hombre, aunque Selina no escuchó la primera parte de la pregunta. Lo que sí escuchó fue la respuesta altanera en forma de carraspeo que dio la persona a la que iba dirigida la pregunta.

—Debe de estar de broma. ¿Mr. Malcolm y Miss Dalton? —Entonces Selina oyó un gorjeo de regocijo.

La joven se inclinó hacia delante para escudriñar por detrás de la columna y, ante su sorpresa, descubrió que los interlocutores se hallaban a apenas unos metros de distancia. Eran lord Sylvester Mountjoy y lady Cynthia Sommers—. La joven es una persona insignificante —continuó lady Cynthia—. Su padre es vicario de pueblo. Todos sabemos cuán exigente es Mr. Malcolm. Huelga decir que solo está jugando con ella para divertirse un rato.

—Me parece que la dama promete demasiado —contestó lord Sylvester, pero Selina ya no podía verlo. Se había ocultado tras la columna, pues, al pensar que podían llegar a descubrirla, había sentido una repentina ola de vergüenza.

Aunque no sabía por qué debía sentirse avergonzada de que supieran que había escuchado su conversación; si tuviera carácter, se levantaría y los confrontaría por sus palabras, pero le preocupaba que lo que dijera lady Cynthia no faltase a la verdad. Y, si bien ansiaba creer que Malcolm estaba loco por ella, ¿cómo podría saber de la veracidad de sus muestras de afecto?

—Miss Dalton.

Selina alzó la mirada, desconcertada, y vio que Mr. Malcolm se encontraba de pie frente a ella con una copa de ponche en la mano. Se preguntó cuánto había escuchado de la conversación, si es que había oído una sola palabra. ¿Tal vez acababa de regresar y no había oído nada?

—Mr. Malcolm, muchas gracias por traerme el ponche. Tras un baile tan animado estoy realmente sedienta —dijo Selina estirando el brazo para recibir la copa. Pero se quedó patidifusa al ver que Mr. Malcolm se arrodillaba ante ella y le tomaba ambas manos.

—Miss Dalton, ruego que haga caso omiso de lo que acaba de escuchar.

—No sé a qué se refiere en absoluto —contestó la joven incapaz de mirarlo a los ojos mientras intentaba soltarse del agarre de su pareja de baile.

—No se moleste en fingir. Escuché como lady Cynthia afirmaba que solo estoy jugando con usted y, si yo lo escuché, ciertamente usted debe de haberlo hecho también. Y no es verdad.

—¿No lo es? —preguntó Selina, quien cejó en sus intentos por liberarse de sus manos y por fin lo miró a los ojos. Mr. Malcolm no desvió la mirada.

—No, no lo es. Soy consciente de la reputación que me precede, ya lo hemos hablado usted y yo con anterioridad, pero no tiene nada que temer. Valoro demasiado su compañía para arriesgarme a perderla. Puede que sea yo quien deba tener miedo en este caso.

—Vaya disparate. ¿A qué podría temerle usted? —susurró Selina.

—Temo que ante el simple roce de su preciosa mano... —Malcolm se calló y se llevó la mano de la joven a los labios—, mi corazón empiece a convulsionar. —Entonces estrechó la mano de ella contra su pecho. Mas el corazón de Selina latía a tal velocidad que Miss Dalton no podía saber de qué corazón provenía el gran *staccato* que sentía en aquellos instantes—. Pero lo más aterrador es pensar que podría llegar a desaparecer usted de la misma forma repentina con la que apareció aquella noche en la biblioteca. Que, una mañana, me despertaría y descubriría que no fue más que «una adorable aparición enviada para adornar un instante», como diría el poeta William Wordsworth. Pues me resulta usted demasiado perfecta para ser real.

—Señor, sus preocupaciones carecen de fundamento. Disto mucho de ser perfecta, y soy demasiado real.

—Quizá deba sentir el latido de su corazón para poder confirmar la veracidad de sus afirmaciones —dijo Mr. Malcolm, y acercó la mano hacia el pecho de la joven.

—¡Mr. Malcolm! —exclamó Selina alejándose de su roce. Entonces vio el brillo de regocijo en los ojos del caballero.

—A mí me parece un intercambio de lo más justo —opinó él.

—Tendrá que confiar usted en mi palabra —replicó ella mientras intentaba contener la sonrisa que amenazaba con formarse en su rostro.

—Mmm, supongo que así será. Por el momento, al menos —concluyó Malcolm. El hombre se levantó del suelo y le ofreció el brazo a Selina. La joven dejó su asiento, demasiado aturdida para elaborar una respuesta.

Apenas había un día de viaje entre Londres y la mansión Hadley, en la zona del sudeste de Inglaterra dentro del condado de Kent. No estaba muy lejos de la frontera con Sussex, así que tampoco estaba muy lejos de la casa familiar de Selina. En el carruaje de camino a la mansión, la joven notó que se le hacía un nudo en el estómago por la emoción del momento.

Mrs. Thistlewaite se había quedado dormida, algo muy conveniente en opinión de Selina. La mujer se había pasado las primeras horas del viaje preocupada, pues estaba convencida de que se había olvidado algo en su casa, aunque no sabía exactamente qué era. Julia y Selina habían llegado a un acuerdo tácito de no despertarla, y pasaron lo que restó de viaje sumidas en el silencio. Selina estaba demasiado nerviosa para dormir y, cuando el carruaje empezó a acercarse a la mansión, observó el paisaje por la ventana, totalmente fascinada.

Ante ella había un jardín podado a las mil maravillas, con gusto exquisito, y un lago artificial, flanqueado por una mansión de ladrillos amarillos y de estilo palladiano. Se quedó pasmada ante la enormidad de la propiedad y, al descender del carruaje, no pudo más que mirar a todos lados con perplejidad. Mrs. Thistlewaite por fin había despertado, y salió a trompicones del carruaje, con Julia tras ella.

—¿No te parece impresionante? —preguntó la joven a su amiga.

—Desde luego —contestó Selina—. Parece que hayamos viajado a Roma.

Era un día caluroso, atípico incluso para el mes de julio, y el tiempo había contribuido a que Selina sintiera que por arte de magia la habían llevado a otra época y a otro lugar. Antes de que pudiera decir nada, Mr. Malcolm salió de la mansión y se reunió con ellas a los pies de las escaleras.

—Me complace darles la bienvenida a mi hogar —les dijo a las tres mujeres, pero era evidente que estaba especialmente complacido por ver a Selina.

—Es precioso —comentó la muchacha.

—Gracias, espero que opine lo mismo de su interior. ¿Me permite acompañarla? —preguntó, y le ofreció el brazo. Tras ellos fueron Julia y Mrs. Thistlewaite.

Mr. Malcolm las guio hacia el vestíbulo principal, una sala de unos quince metros de alto con un techo abovedado y artesonado sujetado por varias columnas de alabastro. En la habitación había varias hornacinas con bustos de dioses griegos y romanos.

—Iñigo Jones diseñó el techo —comentó Mr. Malcolm, y como respuesta Selina no pudo más que ofrecer un movimiento de cabeza.

El ama de llaves las había recibido en la puerta, y Mr. Malcolm le había pedido que les enseñara sus cuartos a las tres mujeres.

—Mi madre las espera en el Gran Salón, pero pensé que quizá quisieran refrescarse un poco antes de conocerla.

—Es todo un detalle, gracias —dijo Selina, y Julia y Mrs. Thistlewaite asintieron.

Las tres se dirigían a sus habitaciones acompañadas del ama de llaves cuando Mr. Malcolm llamó a Selina.

—Miss Dalton.

—Dígame —contestó la joven volteándose para hablar con él.

—Sus padres llegarán mañana —anunció. Malcolm le regaló una sonrisa llena de ternura y, bajando un poco el tono de voz, añadió—: Me alegra muchísimo que esté usted aquí.

En esa sonrisa no había un ápice de arrogancia. De hecho, parecía bastante más relajado y contento que en Londres.

—Yo también me alegro mucho —dijo ella, y alcanzó a las demás.

Selina se encontró en una habitación muy bonita con vistas al lago. Era la Habitación Azul, y las paredes estaban cubiertas con tela *toile de Jouy* blanca y azul, a juego con la ropa de cama. La habitación contaba con un pequeño asiento empotrado bajo una ventana, y se sentó allí una vez que se quedó a solas en la habitación, tras haber supervisado cómo le deshacían la maleta.

Ni en el más fantasioso de sus sueños se habría podido inventar un lugar así. Era consciente de que Mr. Malcolm era un hombre acaudalado, y sabía también que era el dueño de una excelente propiedad, pero no había caído en lo que eso suponía hasta aquel día. De pronto fue consciente de lo que significaba ser el centro de las atenciones de un hombre como aquel.

Selina había crecido en una familia modesta, aunque no habían pasado necesidades. Si bien no eran ricos, tampoco les había faltado de nada, y habían contado con el apoyo de lord Musgrove, un pariente lejano que les había cedido la parroquia en la que su padre ejercía como vicario. La joven se sentía a gusto tanto en su casa solariega como en la vicaría. Años después, se fue de su pueblecito para vivir en un elegante palacete para ser la acompañante de Mrs. Ossory, gracias a la cual había conocido a caballeros y damas de gran fortuna y prestigio.

Pero la mansión Hadley era el lugar más lujoso que había visto en la vida. Y tantos lujos y riquezas le resultaban abrumadores. Era modesto por su parte pensar que Mr. Malcolm la veía como una mujer apta para llevar las riendas de un lugar como aquel.

Entonces alguien llamó a la puerta.

—Adelante.

—Selina, debemos bajar a tomar el té —dijo Julia abriendo la puerta.

—¿Ya? —protestó Selina, pero se puso en pie—. Esperaba poder quedarme aquí sentada para siempre.

Julia tardó un momento en contestar, pues estaba demasiado ocupada observando todo lo que la rodeaba.

—Creo que tu habitación es más grande que la mía —concluyó.

—Quizá Mr. Malcolm quería que estuvieras junto a la habitación de tu madre —sugirió Selina.

—Quizá —contestó Julia, pero Selina sabía que para su amiga era otro punto en contra de Mr. Malcolm.

Selina volvió a desear que Julia no sintiera tal antipatía por Malcolm, pero comprendió que era inútil discutir ese asunto con ella. Mrs. Thistlewaite las esperaba al otro lado de la puerta, y a los pies de la escalera un lacayo las guio hasta el salón.

Las paredes del salón estaban cubiertas con un exquisito terciocabello de color carmesí, y de ellas colgaban numerosas obras de arte. Producía un efecto de gran opulencia, pero a Selina no terminó de gustarle. Prefería el estilo clásico del vestíbulo principal y el elegante estilo rústico de sus aposentos. Antes de que pudiera hacer más observaciones, tuvo que abandonar su escrutinio pues Mr. Malcolm se levantó para recibirlas.

Selina sintió que el corazón le latía a una velocidad vertiginosa cuando Mr. Malcolm les presentó, a ella y a las dos Thistlewaite, a su madre, lady Kilbourne.

Lady Kilbourne era una elegante mujer de mediana edad, dotada de gran belleza. Tenía el cabello gris, pero Selina se imaginó que en el pasado habría lucido una melena oscura, como la de su hijo. El tono de su piel era igual al de Malcolm, así como los ojos, de color café. Lady Kilbourne la saludó con una sonrisa amable, pero a Selina la embargó una sensación irracional: se sentía intimidada por la mujer. Era demasiado elegante, y su finura hizo que ella fuera consciente de los defectos que tenía su aspecto. La madre de Mr. Malcolm seguía sentada en el sillón con la espalda recta, los ojos entrecerrados, sin revelar su expresión. Invitó a las tres mujeres a sentarse con ella y les ofreció una taza de té. Todo ello con unas maneras lánguidas, como si el proceso le provocase un cansancio agotador. Selina se sirvió un poco de pan con mantequilla, pero enseguida se arrepintió de su decisión, pues estaba demasiado nerviosa para ingerir algo.

—Miss Dalton, mi hijo me contó que nació y se crio en Sussex —dijo lady Kilbourne.

—Sí, milady.

—¿En qué parte de Sussex?

—En un pueblecito cerca de Chailey —respondió Selina. Deseó con todas sus fuerzas que Julia y Mrs. Thistlewaite participaran en la conversación.

—Y tengo entendido que su padre sigue ejerciendo de vicario en esa localidad.

—Sí, milady.

—¿Y su madre? ¿Su familia también es de Sussex?

—Sí, milady —repitió Selina por tercera vez, sintiendo que estaba quedando en evidencia delante de la mujer—. Su apellido de soltera era Kingswater —añadió complacida de poder hacer un comentario y no dar una respuesta directa a una pregunta.

—Kingswater —repitió lady Kilbourne, con aire pensativo—. Me temo que no conozco a ningún Kingswater —sentenció al final, y le dio un sorbo al té.

Selina no sabía qué debía responder. Sin saber bien por qué, sentía que era culpa suya que lady Kilbourne no conociera a ningún miembro de la familia de su madre. Por suerte para ella, la madre de Mr. Malcolm se giró hacia las Thistlewaite y entabló conversación con ellas. Selina se sintió agradecida por la tregua, y se obligó a comer un poco de pan con mantequilla.

La joven apenas participó durante el resto de la conversación, y pensó que era toda una suerte teniendo en cuenta la pobre demostración de agudeza que había dado hasta el momento. Después del té, Mr. Malcolm preguntó si a alguna de las invitadas le gustaría una visita guiada por la mansión.

Mrs. Thistlewaite y Julia declinaron la oferta, y adujeron que preferían descansar un poco antes de la cena.

—¿Y a usted, Miss Dalton? —preguntó Mr. Malcolm mirando a Selina.

Selina desvió la mirada hacia lady Kilbourne, quien le brindó una sonrisa afable, pero con los ojos todavía entrecerrados.

—Sí, sería todo un placer que me hiciera una visita guiada por la casa —contestó Selina con cierta vacilación. No quería sonar atrevida—. Nunca he visto una casa como la mansión Hadley —le explicó a lady Kilbourne.

—Muy bien, estupendo —dijo Mr. Malcolm poniéndose en pie—. ¿Empezamos?

Selina también se levantó y se disculpó ante las demás. Lady Kilbourne les recordó que no podían entretenerse demasiado, pues la cena se serviría a las siete en punto.

Empezaron la visita por la galería de estatuas, una habitación larga y estrecha llena de ventanas repletas de estatuas de mármol.

—Es mi cuarto favorito de toda la casa —comentó

Mr. Malcolm—. Cuando ofrecemos una velada importante, como un baile, la cena se sirve aquí.

—Es una sala preciosa —dijo Selina mientras admiraba la luminosa habitación, por la que en aquellos momentos entraban los rayos del sol vespertino. La decoración era muchísimo menos recargada que la del salón, y Selina por fin se relajó un poco.

A paso lento recorrieron la sala cuan larga era, y de vez en cuando se detuvieron a examinar algunas de las estatuas. Estuvieron un par de minutos observando una pieza de arte y, pasado un tiempo, Selina se percató de que Mr. Malcolm la estaba observando a ella y no a la obra.

—¿Está segura de que se encuentra a gusto? —preguntó Mr. Malcolm cuando Selina giró para mirarlo a los ojos—. Espero que no le hayan vuelto los dolores en el pie.

—No, no, para nada, estoy bien. ¿Por qué lo pregunta?

—Durante el té no parecía la de siempre. Solo la he visto actuar de una forma tan extraña cuando se hizo daño en el pie.

—Ojalá pudiera aducir una herida en la lengua —respondió ella sonriendo—, pues eso explicaría por qué he sido incapaz de responder usando algo más que monosílabos, pero me temo que no puedo excusarme de tal forma. En esta ocasión no fue más que un arranque de timidez.

—Qué extraño. Jamás me la había imaginado como una joven tímida.

—Bueno, debe usted admitir que toda esta magnificencia resulta bastante intimidatoria —argumentó Selina, y con un gesto de la mano abarcó toda la sala.

—Creo que puedo comprender lo que dice —contestó Mr. Malcolm, pero cuando Selina lo miró descubrió que el hombre tenía los ojos fijos en ella.

—No creo que haya nada que pueda intimidarle —replicó Selina.

—¿Tan imponente es mi presencia?

—Sí.

Mr. Malcolm se echó a reír.

—Vamos, está usted exagerando sobremanera. No puedo ser tan intimidante. Mi sobrina y mi sobrino me adoran, y solo tienen cinco y seis años. Si no puedo asustar a unos niños pequeños, no puede haber nada en mi aspecto que pueda aterrorizar a una muchacha de... ¿qué, veinticinco?

—¡Veintidós! —exclamó Selina. Le había disgustado un poco que él pensara que era mayor de lo que era en realidad.

—¿La ofendí con mis suposiciones? —preguntó Malcolm—. Es una pequeña estrategia que he perfeccionado para descubrir la verdadera edad de una jovencita. Si me paso por mucho, siempre se les escapa la verdad; en cambio, si les pregunto directamente, por lo general se muestran reticentes a desvelarla.

—Es muy astuto. Por lo que veo, con usted tendré que estar siempre alerta.

—Al contrario. Soy lo bastante imprudente como

para revelar mis secretos. No debe temerme. Un manipulador de verdad jamás le diría que la ha manipulado —dijo Mr. Malcolm, y dibujó una sonrisa que a Selina le pareció bastante manipuladora, francamente. A la chica no le cabía ni la menor duda de que, con una sonrisa como aquella, Mr. Malcolm podía conseguir casi todo lo que quisiera.

—Por lo que veo, lo ha pensado todo muy bien para tener una excusa perfecta con la que disculpar su comportamiento, sea este el que sea —comentó Selina.

—Así es. Por ejemplo, si le digo que la manipulé para que aceptara esta visita y poder así robarle un beso, entonces no sería una artimaña retorcida de verdad, pues admití mi propósito.

Selina sintió que el corazón le latía un poco más rápido, aunque Mr. Malcolm no había hecho por tocarla. Aun así, se las ingenió para darle una respuesta ocurrente:

—Pero su plan está destinado al fracaso, pues ahora que me puso sobre aviso de sus intenciones, puedo protegerme de sus insinuaciones.

—¿De verdad mi plan está destinado al fracaso? —preguntó Mr. Malcolm mientras rodeaba la cintura de Selina con el brazo.

—Sí, de verdad —contestó ella antes de derretirse entre sus brazos.

El beso fue, sin duda, muchísimo más satisfactorio que el primero que compartieron en el baile de lady Hartley. Esa primera noche, los labios de Malcolm apenas rozaron los de Selina y, tras posar los brazos alrededor de su cintura, no había tardado mucho en soltarla. Sin embargo, en aquel momento, la joven estaba tan cómoda en el firme abrazo del hombre que podía notar la gran corpulencia del pecho de Malcolm contra el suyo. Esa vez, él posó los labios sobre los de ella con firmeza y no los separó hasta que Selina pensó que estaba a punto de desmayarse, pero no tenía claro por qué: quizá fuera por la falta de aire, o bien por la repentina fragilidad que sentía en las extremidades inferiores.

Pero, antes de caer desmayada ante Malcolm, el hombre levantó la cabeza y rompió el beso.

—Olvidó protegerse —dijo.

—¿Cómo? —preguntó ella.

—Le avisé de mis intenciones de robarle un beso, así que no puede hacerme responsable de mis actos.

—Es cierto —respondió Selina recuperándose poco a poco—. Entonces, supongo que me veo obligada a perdonarlo.

—Estupendo. Porque esa era la última vez que pensaba avisarla —sentenció él, y la besó de nuevo.

A Selina le costó horrores encontrar una respuesta adecuada aquella noche, durante la cena, cuando lady Kilbourne le preguntó qué parte de la visita guiada le había gustado más. Captó una mirada pícara de Mr. Malcolm, y empezó a arderle la cara al ruborizarse.

—Creo que la galería de estatuas es donde más ha

disfrutado Miss Dalton, ¿no es así? —preguntó Mr. Malcolm.

—Sí, disfruté en la galería de estatuas —contestó Selina antes de darse cuenta de que Mr. Malcolm podría malinterpretar sus palabras—. Es decir, que me resultó de lo más agradable. —La sonrisa de Malcolm se amplió—. Las estatuas de mármol eran de una belleza exquisita —terminó Selina, satisfecha por haber dicho al fin algo que Mr. Malcolm no podía malinterpretar.

—Y ¿qué estatua es la que más le ha gustado? —preguntó el hombre.

—¡Jeremy! —lo reprendió su madre—. ¿No ves que estás avergonzando a la joven? —Lady Kilbourne se giró hacia Selina—. No se preocupe, Miss Dalton. No es la primera en pensar que las estatuas pueden ser un poco escandalosas. Cuando mi hermana vivía, hizo una visita por la casa, y una de las muchachas confesó más tarde que era una pena que no existiera un invento que se pudiera emplear para ocultar la desnudez de los hombres, pues las mujeres que los observaban se quedaban desconcertadas al hacerlo.

Selina le brindó una sonrisa a lady Kilbourne, agradecida de que la mujer hubiera salido en su defensa; aunque no se sentía avergonzada por las estatuas que había visto, sino por las referencias sutiles de Mr. Malcolm a los besos que habían tenido lugar.

Sin embargo, al parecer la modestia de Selina impresionó a lady Kilbourne (o quizá lo hiciera su capacidad para conversar con frases completas), puesto que, al acabar la cena, la actitud fría de la mujer parecía haberse relajado. Cuando todos pasaron al salón principal tras acabar con los postres, lady Kilbourne le pidió a Selina que les tocara una pieza musical.

—Mi hijo me dijo que es una joven muy talentosa —comentó lady Kilbourne con una sonrisa en el rostro.

Selina accedió de buena gana, aunque se apresuró a sugerir que Julia actuase para ellos tras acabar su canción. Selina era consciente de que su amiga estaba empezando a molestarse por todas las atenciones especiales que estaba recibiendo.

9

A lo largo de la tarde siguiente fueron llegando el resto de los invitados. Cassie y Mr. Ossory fueron los primeros en presentarse, seguidos de Mr. y Mrs. Dalton.

Selina presentó a sus padres al resto de los asistentes con algo de ansiedad, pues intentaba juzgarlos como los demás podrían hacerlo. Mr. Dalton no iba tan a la moda como el resto de los caballeros presentes, pero sí bien arreglado y ataviado con prendas sobrias, de acuerdo con su profesión. Era un caballero apuesto de cincuenta años, y era evidente que Selina había heredado de él mucho de su buen aspecto.

Mrs. Dalton era una mujer de cuarenta y cinco años todavía atractiva, pero no tanto como su anfitriona. Mientras que lady Kilbourne era delgada y refinada, Mrs. Dalton era rolliza y de aire maternal. Sin embargo, sus padres se comportaron con una elegancia y dignidad que hizo que Selina se sintiera orgullosa de ellos.

Después del té, los asistentes se dividieron en grupos más pequeños. Cassie y Mr. Ossory fueron con

Malcolm a visitar las caballerizas. Las Thistlewaite y lady Kilbourne decidieron descansar en sus aposentos antes de la cena. Selina y sus padres preguntaron si podían dar un paseo por los terrenos, y Mr. Malcolm les indicó el camino hasta la jardinera del sur de la casa.

Durante unos minutos, caminaron en silencio agarrados del brazo, Mrs. Dalton flanqueada por su esposo y su hija. Selina, quien había dispuesto de un día adicional para disfrutar de la magnificencia de la mansión Hadley, se preguntó si sus padres se sentían tan abrumados como ella el día anterior.

—Oye, Selina —dijo Mr. Dalton por fin—, nos sorprendió bastante recibir una invitación a la mansión Hadley.

—Me lo imagino —corroboró ella.

—Mr. Malcolm parece un joven caballero muy agradable —comentó la madre de Selina.

—Ay, mamá, ¿te agrada? Me alegro mucho —dijo Selina mientras dirigía su semblante resplandeciente en dirección a su madre, quien le agarró la mano y la apretó mientras le devolvía la sonrisa.

—Solo lo conocemos desde hace una hora, Millicent —advirtió Mr. Dalton a su esposa.

—Y ha sido una hora de lo más agradable —reprochó ella de forma traviesa dirigiéndole una significativa mirada a su hija en ese mismo instante. Su esposo le brindó una sonrisa fugaz y le dio palmaditas en la otra mano antes de volver a ponerse serio.

—Mr. Malcolm es todo lo que la mayoría de los padres considerarían positivo: es bien parecido, rico y tiene buenas conexiones en la sociedad. Pero ya sabes, Selina, que tu madre y yo exigimos más que eso para ti.

»Te hemos criado para que valores la virtud por encima de la fortuna y la belleza interior por encima del mero atractivo físico. Mr. Malcolm proviene de otra esfera social. En su mundo, la gente se burla de la moralidad, los matrimonios se conciertan por beneficio y malgastan sus vidas en busca de la vanidad y la holgazanería. Cielos, tan solo hay que ver las actividades del príncipe regente y sus hermanos para percatarse de que lo que digo es cierto.

—Sé que lo que dices es cierto, papá, pero creo que, por el interés que muestra en mí, ya ha demostrado que es diferente al resto.

—Tienes razón. No eres la hija de un noble, ni lo suficientemente rica para que lo tenga en consideración. Pero eres una muchacha hermosa y no es la primera ocasión en la que la atracción física ha sido confundida con una emoción más duradera.

—Tu padre estuvo a punto de caer rendido ante el canto de una sirena a tu edad, querida. Si no hubiera estado yo allí para protegerlo, quién sabe qué habría llegado a pasar —confesó Mrs. Dalton.

—Así que me protegiste, ¿eh? —preguntó Mr. Dalton con las cejas levantadas.

—No tienes por qué darme las gracias —contestó su esposa.

Selina miró a sus padres divertida. Siempre había sido así. Su madre impedía que su padre pontificara largo y tendido, pues su sentido del humor evitaba que él se pusiera demasiado serio. Una cualidad valiosa en la mujer de un clérigo.

—Estoy muy feliz de que estén aquí —declaró Selina.

—Y nosotros también —corroboró su madre—. Aunque Mr. Malcolm y tú no acaben prometidos, es agradable tomarse unas pequeñas vacaciones.

Selina se sintió aliviada al ver que su padre y Mr. Malcolm parecían entenderse muy bien. De hecho, la fiesta parecía estar en pleno apogeo. Julia se había olvidado de su previo mal humor gracias a la llegada de Mr. Ossory, y a Mrs. Thistlewaite le alegró poder retirarse otra vez detrás del telón con la afluencia de más invitados. Lady Kilbourne y Mrs. Dalton descubrieron un interés en común: la jardinería; y Cassie se sentía satisfecho siempre que no tuviera que estar discutiendo con su prima. (Lo cual, con la aparición de Mr. Ossory, ocurría cada vez con menos frecuencia.)

Lo único que podía echar a perder el animado ambiente de la fiesta tuvo lugar tras la cena, cuando los caballeros volvieron a unirse a las damas en el salón principal. Durante la conversación en común que siguió a su llegada, Mrs. Dalton se giró hacia su hija para decirle:

—Ah, me había olvidado de preguntarte cómo está Mrs. Covington. ¿La visitaste como te pedí?

Antes de que Selina pudiera contestar, Mrs. Dalton

se giró hacia su anfitriona y le explicó que Mrs. Covington era la viuda de su primo y que también vivía en Londres.

Selina posó rápidamente la vista en Mr. Malcolm, deseando con todas sus fuerzas que estuviera ocupado con otra conversación y no hubiera escuchado el comentario de su madre. Para su decepción, se encontró con que la estaba mirando fijamente. Lo siguiente que le vino a la cabeza fue que igual Julia intervendría, pero estaba hablando con su primo y era ajena a lo que estaba ocurriendo. A Selina no le quedó más opción que contestar a su madre.

—Sí, visité a Mrs. Covington. Y ella también me hizo una visita en la casa de la ciudad de las Thistlewaite.

—Bien, me alegro de escucharlo. —Mrs. Dalton volvió a mirar a lady Kilbourne—. En realidad, no es una pariente cercana, su esposo no era más que mi primo segundo, pero es viuda. Y Mr. Dalton y yo le hemos enseñado a Selina que siempre hay que mostrar compasión para con aquellos en circunstancias menos afortunadas que las nuestras.

Lady Kilbourne estuvo de acuerdo en que aquella era una buena actitud y la conversación pronto cambió a otro tema. Sin embargo, Selina contribuyó muy poco al debate. Se sentía totalmente avergonzada, ya que Mr. Malcolm había descubierto su mentira, en especial cuando, prácticamente en el mismo momento, su madre cantaba las alabanzas de su crianza basada en fuertes principios. Mantuvo la cabeza gacha mientras esperaba con impaciencia al momento en el que pudiera excusarse.

—Miss Dalton —escuchó que la llamó Mr. Malcolm y, al levantar la mirada, se percató de que se había sentado en la silla que había a su izquierda.

Selina se apresuró a volver a bajar la mirada.

—Mr. Malcolm —dijo—, le ruego que me disculpe, no me encuentro bien...

—Miss Dalton —repitió él interrumpiéndola—. Me es indiferente que Mrs. Covington sea su prima y lamento si le causé esa impresión.

—En realidad, no es mi prima —comenzó Selina, pero después se interrumpió para pedirle perdón—. Soy yo la que debe disculparse, Mr. Malcolm. Estoy terriblemente avergonzada. ¿Qué va a pensar usted de mí?

—Pienso que le importaba la buena opinión que usted me merece y creyó que, si contaba la verdad, la perdería. Es culpa mía, pues rememoro aquella ocasión con vergüenza. Resulté increíblemente pretencioso, puede que incluso arrogante, y me he arrepentido con toda mi alma muchas veces desde entonces.

—Aun así, no fue excusa para que mintiera. Lo único que puedo decir en mi defensa es que yo quería contarle la verdad, pero Julia... —Selina se calló al darse cuenta que no sería lo correcto echarle la culpa a otra persona—. Sea como fuere, yo quería contarle la verdad.

—La creo —aseguró Malcolm—. Ahora, olvidemos

este incidente absurdo. A ninguno de nosotros nos haría ningún bien recalcarlo.

Más tarde, aquella misma velada, mientras Selina se preparaba para ir a dormir, pensó en lo mucho que le alegraba que su madre hubiera sacado el tema de Mrs. Covington en la conversación, a pesar de que al principio hubiera resultado embarazoso. Sus dudas acerca del carácter de Mr. Malcolm habían sido infundadas por los comentarios de Julia y sus desdeñosas observaciones acerca de su prima. Ahora, tras aquella disculpa, Selina ya no sentía dudas sobre él. Cada vez quedaba más claro que la aversión que Julia sentía por Mr. Malcolm se debía al orgullo herido, y podía hacer caso omiso a ella y a sus maliciosos comentarios. Mr. Malcolm tenía sus defectos, como todo el mundo, pero en lo que a Selina concernía era casi perfecto.

El ensueño de la muchacha se vio interrumpido por alguien que tocaba a la puerta. Se preguntó quién podría ir a su alcoba a aquellas horas y obtuvo la respuesta cuando la cabeza de Julia apareció por una rendija de la puerta.

—Selina, ¿puedo pasar? —preguntó.

Sin esperar respuesta, cerró la puerta con cuidado tras ella y se sentó en el asiento empotrado de la ventana.

—Creo que ya es la hora —reveló.

—Si te refieres a la hora de dormir, estoy de acuerdo, y me pregunto por qué estás en mi alcoba en lugar de en la tuya.

—No —discutió Julia con impaciencia—, creo que es la hora de mostrarle a Mr. Malcolm tu lista.

—¿Qué lista? Yo no tengo ninguna lista.

—Ya sabes cuál, lo comentado cuando llegaste a la ciudad. Debes permitir que Mr. Malcolm encuentre una lista que tú habrás escrito, con la excepción de que los requisitos no estarán tachados. Entonces verá cómo se siente cuando ponen a uno a prueba y deciden que no da la talla.

—Julia, sé que Mr. Malcolm ha herido tus sentimientos y lo lamento. Me parece que ambos empezaron con mal pie y quizá si te dieras la oportunidad de conocerlo...

—Selina, ¿qué estás diciendo?

—Lo que quiero decir es que no tengo intención de formar parte de este... engaño. Admiro a Mr. Malcolm. No quiero hacerle daño.

Julia entrecerró los ojos y cruzó los brazos por encima del pecho.

—Conque, ahora que has visto la mansión Hadley y lo rico que es, piensas que puedes embaucarlo para que se despose contigo, ¿es así?

—¡No, no es así! Lo que me interesa de Mr. Malcolm no son sus posesiones. Ha sido muy... amable conmigo.

—«Ha sido muy... amable conmigo» —repitió Julia imitando a Selina—. Pues espera a que te desprecie como lo hizo conmigo, entonces verás lo amable que puede llegar a ser.

—No creo que él sea así. —Selina suspiró—. Al menos, eso es lo que deseo.

—Cielos, esto es de lo más conmovedor, pero no es ni mucho menos lo que se suponía que debía pasar. —Julia se levantó de su asiento para caminar airadamente por la estancia—. Aceptaste ayudarme.

—Acepté pensarlo. Lo cual he hecho. Con mucho detenimiento. Y a mi parecer, Mr. Malcolm no merece semejante artimaña.

—Y ¿qué hay de mí? ¿Crees que yo sí merecía semejante artimaña?

—No, pero no creo que sea equiparable de ninguna de las formas.

—Pero ¡lo fue! Fue exactamente lo mismo —insistió Julia.

—Mr. Malcolm no tenía intención de ofenderte. No podía saber de ninguna de las maneras que tú descubrirías que tenía una lista.

—Pero lo descubrí. Y me ofendió.

—Y ¿crees que tú nunca has ofendido a nadie? Son cosas que pasan, Julia. Con frecuencia. Una persona madura lo acepta y pasa página. Nadie quiere a una persona que sea incapaz de perdonar a un amigo.

—Y yo no necesito a la soporífera hija de un vicario como amiga —dijo Julia avanzando a grandes zancadas hasta la puerta.

—Julia —la llamó Selina, pero su única respuesta fue el sonido de la puerta que cerraba con furia.

Mr. Malcolm y su madre oyeron el ruido desde su asiento en el salón principal.

—¿Qué fue eso? —preguntó lady Kilbourne.

—Sonó como si alguien cerrara de un portazo.

—Seguramente se trate de Miss Thistlewaite. Me parece que es del tipo de persona que cierra las puertas de golpe. —Hubo una pausa antes de que lady Kilbourne suspirara—. Pobre Mr. Ossory.

—¿Por qué dices eso? —inquirió Malcolm.

—Pretende hacerse con él. Y es la clase de muchacha que se sale con la suya. —Levantó la vista de su bordado durante un instante para contemplar a su hijo con curiosidad—. Lo que me sorprende es que no lo haya intentado contigo. Tú eres mucho mejor partido.

—Ah, lo intentó. Sin embargo, fue algo fugaz.

—¿Qué ocurrió?

Malcolm se encogió de hombros.

—En realidad, nada. La llevé a la ópera en una ocasión y ya no volví a visitarla. Fue una muerte natural.

—Eso es lo que tú te piensas. Dudo que haya olvidado semejante rechazo en tan poco tiempo. No le complace en absoluto estar a la sombra de tu Miss Dalton.

—Todavía no es mi Miss Dalton.

—Sí, lo sé —afirmó su madre con cierto desaliento—. Ojalá te apresuraras con este menester. Sabes lo mucho que detesto entretener a los invitados.

—Entonces ¿das tu aprobación a Miss Dalton?

—Sí, por supuesto. Aunque la pregunta más apropiada sería si su padre nos aprueba a nosotros. Mr. Dalton es extremadamente digno. De veras, si me quedara algo de sentido común, te persuadiría para que no te desposaras con la hija de semejante familia y te obligaría a casarte con una muchacha boba e ignorante que no me hiciera sombra. —Lady Kilbourne se calló para dar un sorbo a su vino de Madeira—. Alguien como tu cuñada.

—Sufrirías sin importar con quién me casara. Debes tener en cuenta que la familia política está diseñada por Dios para ayudarnos a desarrollar nuestro carácter.

—Y lo tengo en cuenta. Además, quién soy yo para cuestionar a Dios todopoderoso. Mr. Dalton jamás lo aprobaría.

10

Casi todo el grupo se reunió al día siguiente durante el desayuno, y los más jóvenes iban vestidos para montar a caballo, una actividad que habían organizado la noche anterior. Selina miró a Julia con cierto recelo, pues no habían vuelto a mediar palabra desde su última conversación, que fue desastrosa. Sin embargo, Julia parecía muy animada y de buen humor, y estaba guapísima con su traje de estilo militar, que resaltaba la frágil belleza de la joven. A Selina le resultó sumamente injusto que Julia siempre lograra lucir como una joven recatada y dulce cuando, en realidad, su personalidad distaba mucho de serlo.

Mr. Malcolm señaló el asiento vacío que tenía a su lado, así que Selina eligió algo para desayunar del gabinete y tomó asiento.

—Estábamos comentando los detalles del baile que vamos a dar la semana que viene —le explicó el hombre a Selina—. A Miss Thistlewaite le gustaría que fuera un baile de máscaras. ¿Qué opina usted?

Selina miró a su padre, que tenía el ceño un poco

fruncido. La joven era consciente de que su progenitor no tenía en alta estima los bailes de máscaras, pues para él no eran más que una excusa para poder llevar a cabo toda clase de comportamiento libertino.

—Jamás he asistido a un baile de máscaras... —empezó a decir Selina, pero, antes de que pudiera terminar la frase, Julia la interrumpió.

—¿Ve, Mr. Malcolm? Debería optar por el baile de máscaras. Selina nunca ha asistido a uno.

—¿Le gusta la idea, Miss Dalton? —preguntó Malcolm.

Selina vaciló mirando a su padre. Mrs. Dalton le susurró algo al oído a su marido y, después, este sonrió y se encogió de hombros.

—Imagino que sí —respondió Selina; se negaba a contrariar a Julia cuando su amiga parecía tan entusiasmada con la idea.

—¡Maravilloso! —exclamó Julia aplaudiendo.

Cassie, por el contrario, parecía muy poco entusiasmado.

—No quiero ir disfrazado. Es muy incómodo —dijo con mal humor.

—Siempre puedes llevar un dominó —afirmó su prima.

—Caramba, eso es incluso peor. ¿Quién querría pasarse la velada con una capa encima? Estamos en pleno verano.

—Por mucho que me apene tener que perderme el resto de esta fascinante conversación, debo ir a ver a los caballos —se excusó Mr. Malcolm levantándose de

132

su asiento—. Quienes deseen montar esta mañana, reúnanse conmigo en las caballerizas cuando terminen de desayunar.

Al irse Mr. Malcolm, Selina se levantó y se sentó junto a sus padres, al otro lado de la mesa.

—¿Estás de acuerdo con lo del baile de máscaras? —preguntó a Mr. Dalton en voz baja, para que el resto de los presentes no pudiera oírla.

—Bueno, bien sabes lo que opino de los bailes de máscaras, pero tu madre me recordó que Mr. Malcolm es un caballero en quien se puede confiar. Estoy convencido de que no permitirá que se dé esa clase de comportamiento que podría acompañar a un baile de estas características en la ciudad.

—Y suena muy divertido —añadió Mrs. Dalton.

El grupo empezó el paseo a caballo con Selina y Malcolm a la delantera, seguidos por Julia acompañada de Mr. Ossory, y Cassie. Sin embargo, tras atravesar un camino estrecho, Selina acabó junto a Mr. Ossory, con Julia, Cassie y Malcolm justo delante de ellos.

Era la primera vez que podían entablar una conversación privada desde el primer paseo en calesa que dieron juntos, pues Julia se había encargado de mantenerlos alejados, y Selina se sintió un poco cohibida ante él.

—Al final resulta que jugaremos una partida de ajedrez —dijo él para romper el silencio que se había instaurado entre ellos.

De primeras, Selina se quedó perpleja, pero no tardó en comprender a qué se refería el caballero.

—Lo lamento, Mr. Ossory, es que...

—Lo sé, tranquila. Mi amigo me sacó de la competencia.

—Lo lamento muchísimo —repitió Selina sin saber qué más decir.

—No lo lamente. Todo esto es culpa mía. Llegué demasiado tarde. Habría podido conocerla en el transcurso de estos tres últimos años si hubiera visitado a mi tía mientras estaba de permiso, como ella me pedía. —Mr. Ossory calló un instante mirando a Selina con una sonrisa triste—. Si le soy sincero, no confiaba demasiado en las artes de casamentera de la tía Ossory. No tenía muy buen ojo, como usted bien sabe.

—Sí, así es. Siempre debía evitar que entablara conversación con objetos inanimados. En muchas ocasiones confundió al mayordomo con un paragüero.

Mr. Ossory estalló en carcajadas.

—Entonces comprenderá las dudas que albergaba.

—Sí, desde luego.

Continuaron un par de minutos en silencio, y Selina pensó que era una verdadera lástima que no pudiera enamorarse de Henry Ossory. Pero, entonces, comprendió que, si se hubiera enamorado de él, no tendría libertad para enamorarse de Mr. Malcolm, y eso era un pensamiento horroroso. Se percató de que si Mr. Ossory hubiera visitado a su tía un año antes, más o menos, seguramente ya estarían casados. Por muy bien que le cayera el hombre, se alegraba mucho de que jamás hubiera hecho dicha visita.

—Pero todavía podemos ser amigos —dijo Mr. Ossory, e interrumpió los turbulentos pensamientos de la joven.

—Sí, podemos serlo. Y me encantaría ser su amiga, la verdad.

—¡Selina! ¡Mr. Ossory! —los llamó Julia.

Henry y Selina levantaron la mirada y vieron que se habían quedado rezagados y que el resto de los jinetes se habían parado para esperarlos.

—Selina, esto no es un salón —comentó Julia de broma.

—Ruego que me disculpen —se excusó Selina sorprendida ante la amabilidad con la que se había dirigido su amiga a ella. Mr. Malcolm tenía el ceño fruncido, pero al ver que Selina lo miraba sonrió.

—Disfrutaremos de unas vistas preciosas desde lo alto de esa colina —les comentó Mr. Malcolm señalando a lo lejos—. Vayamos hacia allí.

Un poco más tarde, en el camino de vuelta a la mansión Hadley, Malcolm señaló a Julia y Henry, quienes iban primero, junto a Cassie.

—¿Cree que su amiga Miss Thistlewaite podría emparejarse con Mr. Ossory? —le preguntó a Selina.

—¿Julia? —preguntó ella sorprendida—. No creo que Mr. Ossory esté interesado en ella.

—Ya, yo tampoco. Creo que está interesado en usted. —Selina no respondió, y Mr. Malcolm insistió—: ¿Y bien? ¿Está interesado en usted?

—Sería presuntuoso por mi parte comentarlo.

—Me esperaría una respuesta semejante de cualquier otra mujer, pero no me esperaba que saliera de sus labios.

—Mr. Ossory y yo hemos convenido unirnos... —Selina hizo una pausa para llamar la atención de Malcolm— en una partida de ajedrez.

A Selina le pareció que Mr. Malcolm estaba aliviado. Esperaba que así fuera. De pronto le había embargado un impropio deseo de ponerlo celoso.

—¿Acaso tenía él una unión diferente en mente? —preguntó Malcolm.

—Quizá. Pero le informé de que solo estoy disponible para el ajedrez.

—Pobre Henry —comentó él.

—¿Habría preferido que le hubiera dado otra respuesta? —inquirió la joven con la esperanza de provocar algo en él que no fuera compasión por su amigo.

—Habría preferido que Henry saltara al lago.

Selina se quedó un poco sorprendida por haber logrado su cometido con tanta facilidad, aunque desde luego no había esperado una respuesta tan rencorosa.

—Muestra una actitud muy extremista con alguien a quien considera su amigo —dijo mirando a Mr. Malcolm asombrada. Pero le tranquilizó ver que el hombre tenía una sonrisa en el rostro.

—No lo dije en serio. Solo es algo que pensé cuando lo vi intentando congraciarse con usted. Sabía que compartían una conocida en común, y me sentí excluido. Hasta sentí celos de su antigua señora. Pero ahora que sé que fracasó en su propósito, ya no siento aversión por él.

—Me alivia oírlo, pues me agrada mucho Mr. Ossory.

—Será mejor que no sea demasiado entusiasta con sus elogios, o la aversión que sentí hacia él podría regresar —comentó Mr. Malcolm, aunque era evidente que solo estaba bromeando.

—¿Qué ocurre, no debería agradarme nadie salvo usted? —preguntó Selina.

—En absoluto, pero yo debo ser quien más le agrade de todos.

Selina no sabía qué responderle, así que no dijo nada. No podía decirle tan tranquilamente que era el hombre que más le había agradado en la vida.

Ese día, durante el almuerzo, la conversación giró en torno a los disfraces que se pondrían para el baile de máscaras. A los caballeros no les interesaba el asunto en demasía, pero las muchachas estaban sumamente emocionadas, e incluso Selina empezaba a pensar que organizar un baile de máscaras había sido buena idea.

Lady Kilbourne las invitó a mirar en los desvanes de la casa tras la comida.

—Puesto que mi hermana jamás se deshizo de una sola de sus pertenencias, y Jeremy guardó allí casi todas sus posesiones cuando heredó la casa, imagino que podrán confeccionar varios disfraces con las prendas que abundan en esos baúles.

—Yo no visitaré el desván —dijo Cassie—, aunque sí tendré que ir al pueblo a ver a la modista.

—¿Piensas ir vestido de mujer, Cassie? —preguntó Julia.

—Por supuesto que no. De griego —contestó este.

—¿Algún griego en particular? —intervino Mr. Ossory.

—No, aunque quizá sea mejor que piense en un nombre, por si alguien me pregunta. Tal vez Platón, o Sócrates, o Julio César.

—Julio César era romano —dijo Selina.

—Romano, griego, como sea. Tengo pensado llevar una fina túnica blanca y ponerme un par de hojas en las orejas. Una vez fui a uno de estos bailes vestido como Enrique VIII y casi muero ahogado.

—Y ¿qué llevarás tú, Selina? —preguntó Julia.

—Lo desconozco. Esperaba encontrar un poco de inspiración en el desván.

—¿Por qué no se disfraza de su tocaya? —propuso Mr. Malcolm.

—¿Mi tocaya?

—Selene, diosa griega de la luna.

—Cassie ya me robó la idea —bromeó Selina sonriendo.

—Ya lo expliqué, no iré de mujer. Seré uno de esos filósofos famosos, como Platón. O Sócrates —repitió Cassie.

—Creo que es el disfraz más insólito que he oído en la vida —le dijo Mr. Dalton a su esposa, quien lo mandó callar.

Mr. Ossory y el padre de Selina, quienes ya sabían qué iban a ponerse para el baile, se fueron a jugar al billar. En cambio, Julia, Selina, su madre y Mr. Malcolm subieron al desván todos juntos. Lady Kilbourne se retiró a sus aposentos. Le dijo a su hijo que ya estaba mayor para jugar a los disfraces, y que llevaría un vestido de gala para el baile.

Tras hurgar un poco por el desván, Mrs. Dalton encontró un vestido del siglo anterior y decidió ir vestida de María Antonieta.

—Puedo fingir que vuelvo a tener diecisiete años —le comentó a su hija.

—¿Vas a blanquearte el cabello con polvos o a ponerte una peluca? —le preguntó Selina.

—La peluca, por supuesto. No comparto la opinión de lord Cassidy. La comodidad no me importa nada. Lo verdaderamente importante es la apariencia —explicó Mrs. Dalton riéndose.

Tras haber encontrado su disfraz, Mrs. Dalton lo dejó a un lado y empezó a ayudar a los demás en su búsqueda. Julia encontró un disfraz de lechera que, por lo que parecía, se había utilizado para otro baile de máscaras en el pasado.

—Qué pintoresco —dijo sosteniéndolo.

—Lo es, querida. Estará preciosa con ese vestido —coincidió Mrs. Dalton.

—Entonces ya solo faltan Selina y Mr. Malcolm. ¿Has encontrado algo de tu gusto, Selina? —preguntó Julia.

—No —respondió la susodicha—. Pero no tienen

por qué quedarse y esperarme. Puedo seguir buscando yo sola.

—Bobadas —contestó su amiga—, te ayudaremos.

Selina sonrió y le dio las gracias a Julia; sintió un gran alivio al ver que su amiga parecía haberla perdonado por negarse a participar en su ardid. Aunque le resultó extraño que Julia no la mirase, y que se limitara a murmurar algo, además de parecer algo incómoda. Quizá Julia todavía no la había perdonado del todo.

—Entonces ¿descartó la idea de Selene? —preguntó Mr. Malcolm.

—No, todavía no. Pensé que, si encontraba un disfraz ya confeccionado, podría aprovecharlo, pero no tengo ningún inconveniente en vestirme de diosa de la luna.

—Lo pregunto solo porque, si usted va disfrazada de Selene, mi intención es ir de Endimión —informó Malcolm.

—¿Quién es Endimión? —preguntó Julia.

—Era el gran amor de Selene, un mortal. Al verlo, Selene se enamoró perdidamente de él, y le suplicó a Zeus que le concediera la inmortalidad en forma de un sueño eterno. Según cuenta la leyenda, la diosa lo llena de besos todas las noches mientras él dormía en lo alto de una colina —explicó Malcolm.

—¡Qué romántico! —exclamó Mrs. Dalton.

—Es toda una tragedia, en mi opinión. ¿Qué bien le hace a Selene tener un amor para toda la eternidad si él siempre estará dormido? —preguntó Selina.

—Supongo que ella prefiere verlo dormido a verlo muerto —argumentó Mr. Malcolm.

—¿Qué aspecto tiene esta diosa de la luna? —quiso saber Julia.

Mr. Malcolm se encogió de hombros antes de contestar.

—Se han pintado varios cuadros, entre ellos, uno de Nicolas Poussin. En su obra, Selene lleva una túnica ligera suelta, y el cabello oscuro. Sin embargo, Homero decía que la diosa tenía el cabello del color del oro. También se dijo que tenía los brazos y el rostro blancos, y que la luna reflejaba su brillo.

—También llevaba una media luna en la cabeza, si no me equivoco —añadió Selina.

—Bueno, por lo que dice, no parece un disfraz muy complicado de elaborar. No tendremos más que salir de compras —dijo Mrs. Dalton.

—¿Qué viste, Endimión? —le preguntó Selina a Malcolm.

—Pues, en realidad, en los retratos suele aparecer solo con un trozo de tela colocado con tino, pero eso no sería nada apropiado en el contexto de un baile —respondió Mr. Malcolm sonriéndole a Selina.

—¡Claro que no, por el amor de Dios! —exclamó Mrs. Dalton.

Selina no dijo nada. Intentaba desesperada borrar de su mente la imagen que esas palabras habían evocado.

—Así que tengo total libertad con la confección de mi disfraz. Llevaré un bastón, para que todos sepan que soy pastor, pero, por lo demás, creo que no importa lo que lleve. Siempre que sea rústico y apropiado, claro está.

Como ya no hacía falta que siguieran buscando más disfraces, Mrs. Dalton y Julia recogieron sus trajes y emprendieron la vuelta escaleras abajo. Selina se quedó un poco rezagada con Mr. Malcolm.

—¿Por eso quería que fuera disfrazada de Selene, para no tener que perder el tiempo con su traje? —le preguntó Selina.

—Debo confesarle que quería que llevásemos un disfraz a juego pero, tal y como dijo Cassie, tampoco quería estar incómodo durante toda la velada. Y entonces me pareció oportuno que se disfrazara de Selene.

—¿De modo que debo seleccionar mi traje para que así usted pueda estar cómodo en la fiesta? —preguntó la joven y, después, soltó un suspiro de forma dramática—. Fui víctima de un vil engaño. Pensé que era usted un romántico, y descubro que no es más que un hombre perezoso.

—Le pega a mi personaje, Endimión —respondió Malcolm.

A Selina le llevó un par de segundos comprender las palabras del hombre, y después se rio.

—Por lo que veo no es usted una persona aletargada. Es bastante perspicaz y rápido a la hora de excusarse por su comportamiento.

Mrs. Dalton interrumpió su conversación al llamar a su hija desde el piso inferior, donde la estaba esperando.

—Ya voy, mamá —contestó Selina, y Malcolm y ella empezaron a bajar por las escaleras.

Durante la semana siguiente, todos estuvieron muy ocupados con los preparativos para el baile de máscaras. Las jóvenes se habían ofrecido voluntarias para ayudar a lady Kilbourne a escribir las invitaciones y, cuando acabaron, Selina y Mr. Malcolm recorrieron el vecindario en carruaje para entregarlas en mano a sus destinatarios. Además, las mujeres del grupo viajaron a Tunbridge Wells, donde compraron todo aquello que no pudieron encontrar en el pueblecito que había cerca de la mansión.

Recorriendo la biblioteca de la casa, Selina había encontrado una ilustración en un libro titulado *Las vestiduras de la Antigüedad*, y se la llevó a la modista. El vestido que llevaría al baile debía ser blanco, con un cordón de plata que le pasara por entre los pechos y alrededor de la cintura. De primeras, la joven había pensado que podría ser divertido disfrazarse de un personaje un poco más exótico, de sultana o de gitana, por ejemplo; pero cada vez estaba más entusiasmada con su disfraz de Selene. Había encargado que le hicieran un accesorio para la cabeza en forma de media-luna y también había encontrado una ilustración del peinado de la diosa en el mismo libro.

Julia mostraba gran interés en sus planes para el disfraz que luciría en el baile, e insistía en ayudarla. Selina pensaba que Julia solo intentaba compensar su comportamiento, y le pareció todo un detalle por su parte. No tenía ni la menor idea de que Julia se estaba cosiendo una copia exacta de su disfraz.

Pues la joven Thistlewaite no había cejado en su empeño por humillar al honorable señor Jeremy Malcolm. Julia había tenido una vida llena de caprichos y lujos, y le habían enseñado a creer que era mejor que los demás; así que el bochorno que sintió al no poder despertar el interés del mejor partido del mercado fue enorme. Después, cuando Selina entró en escena y le resultó tan sencillo llamar la atención de Mr. Malcolm, la furia se apoderó de Julia, a pesar de que había sido ella quien había organizado todo aquello. Lo que más le había afectado era que Mr. Malcolm se había interesado por Selina sin las estratagemas que Julia había considerado indispensables. A la joven no le gustaba sentirse inferior a los demás y, durante esas dos últimas semanas, había odiado la sensación de ser la segundona de Selina. Si su nuevo plan salía bien, entonces sería Selina la que quedase relegada al segundo puesto, y Mr. Malcolm comprendería el terrible error que había cometido al rechazarla.

Su plan tenía un único fallo: al parecer, Mr. Ossory también mostraba cierta admiración por Selina. Si la relación entre Selina y Mr. Malcolm no prosperaba, entonces había una gran posibilidad de que Mr. Ossory se declarase a su amiga. Y la joven Julia se disgustaba enormemente solo de pensarlo. Julia quería que Mr. Ossory la admirase a ella, aunque era más que evidente que jamás lo desposaría. Era un futuro esposo

nada desdeñable, desde luego, pero no lo suficientemente bueno para Julia Thistlewaite.

No obstante, en algunas ocasiones Julia pensaba
que era demasiado bueno para ella. Era un hombre
generoso, franco y honesto y, cuando estaba con él, hacía que se sintiera avergonzada del engaño que había
planeado. Sin embargo, la joven no permitía que esos
inusuales remordimientos la disuadieran de lograr su
objetivo. Cuando había tomado una decisión, Julia era
de esa clase de personas que hacían lo posible por lle-
varlas a cabo, sin importar cuáles fueran las conse-
cuencias.

11

La noche del baile de máscaras llegó y Selina contempló su aspecto en el espejo con placer. Su vestido era muy favorecedor: el cordón de plata enfatizaba su figura y la tela suelta de color blanco ondeaba a cada paso que daba, lo cual imitaba la luz de la luna. La habían peinado con la raya en medio para después enrollarle ambas secciones de la melena y terminar con dos largas trenzas cayéndole sobre los hombros. Sobre su coronilla descansaba una luna creciente de plata, además se había aplicado polvos en el rostro y los brazos y una discreta cantidad de colorete para no parecer demasiado pálida.

Julia entró en la alcoba y contempló a Selina de la cabeza a los pies. Selina pensó que su amiga estaba encantadora con el vestido de lechera, con el canesú con lazos y una falda voluminosa, y así se lo dijo.

—Gracias. Tú también —respondió Julia, aunque estaba distraída.

—¿Bajamos? —inquirió Selina. Luego se puso la máscara y salieron de la estancia.

Mrs. Thistlewaite se encontró con ellas en el pasillo y Selina se preguntó a quién se suponía que interpretaba. Iba ataviada con un vestido de gala negro.

—Y ¿de quién va disfrazada esta velada, Mrs. Thistlewaite? —preguntó Selina.

—Soy una viuda —declaró la mujer—. ¿Y tú, Selina?

—Soy Selene, la diosa griega de la luna.

—Conque eso es lo que llevas en la coronilla, no sabía muy bien lo que era. Espero que no te dé dolor de cabeza al llevarlo durante toda la velada —contestó Mrs. Thistlewaite. Selina esperó que aquella no fuera la reacción general a su disfraz.

Las tres damas descendieron las escaleras y se encontraron con Mr. y Mrs. Dalton a los pies de estas.

—Selina —la llamó su madre antes de corregirse—. Disculpa, Selene. Estás arrebatadora. El disfraz quedó de maravilla.

—Sí, bueno, al menos no va vestida de una diosa pagana —reprochó el padre de Selina.

—Gracias, Richard —dijo Mrs. Dalton, quien decidió tomarse sus palabras como un cumplido. Este solo puso los ojos en blanco, pero a Selina le agradó ver que estaba sonriendo.

Comenzaba a entender la oposición de su padre a las fiestas de máscaras. Había algo muy liberador en presentarse bajo la apariencia de otra persona. El mismísimo aire que los rodeaba parecía palpitar de emoción y ella sentía que en aquella velada podría ocurrir cualquier cosa.

Selina y sus padres atravesaron las numerosas estancias y se maravillaron ante lo mucho que cambiaban de una a otra. Nada más llegar, pensó que la mansión Hadley era lo más majestuoso que había visto nunca; aquella noche, sin embargo, superó su primera impresión. Había flores entrelazadas entre las columnas del vestíbulo y el satén colgaba de las paredes contiguas al salón. Las velas de cera brillaban por toda la casa y habían limpiado y sacado brillo a cada uno de los objetos para que la luz se reflejara en todas las superficies.

Accedió al salón que se usaba para bailar; estaba tan distraída contemplando sus alrededores que se chocó con otro invitado.

—Le ruego que me disculpe —se excusó mientras se giraba hacia la persona.

—Soy yo, un mero mortal, quien debería rogar el perdón de la ilustre Selene —dijo el hombre. A Selina solo le llevó un momento reconocer a Mr. Malcolm, a pesar de que iba enmascarado. Lucía una especie de toga atada a uno de los hombros, con un cinturón en el centro. Selina observó con fascinación que dejaba un hombro totalmente al descubierto y esperó que su padre no se quedara tan perplejo como ella. Malcolm portaba un bastón de pastor y llevaba sandalias; Selina pensó que, si Endimión hubiera tenido ese aspecto en realidad, habría sido más que comprensible que Selene se hubiera enamorado desesperadamente de él.

—Le perdono —dijo Selene de forma majestuosa cuando se recuperó de su sorpresa.

—Entonces, quizá le pida que me conceda el honor

de este baile —manifestó Malcolm y, tras apoyar su bastón contra una pared, la llevó a la pista.

Estaban tocando un vals y Selina se sintió tan aliviada al ver que podría participar sin humillarse a sí misma como lo hizo la última vez que tardó unos instantes en percatarse de que su mano descansaba sobre el hombro desnudo del hombre. Ella la apartó, pero Mr. Malcolm la agarró y se la volvió a colocar sobre el hombro.

—Sin duda a la diosa de la luna no le asustará un hombre de carne y hueso —enunció Malcolm.

—No es su hueso lo que me asusta —reprochó Selina, y él se rio.

—Se olvida de que usted no es Selina Dalton esta noche —le recordó Malcolm mientras la acercaba más a su cuerpo.

—Y usted se olvida de que mis padres están de pie junto a esa columna observándonos —replicó Selina volviendo a poner la distancia apropiada entre ellos.

—En todo caso, eso intentaba —contestó él lleno de irritación.

Danzaron en silencio durante unos cuantos minutos y Selina comenzó a sentirse mal por haber puesto fin al ambiente de coqueteo que había entre ellos.

—Y bien, mortal, ¿cómo están sus ovejas? —preguntó.

—¿Que cómo están mis ovejas? —repitió Mr. Malcolm.

—Disculpe, pero estoy intentando fingir que es Endimión y no sé cómo conversar con un pastor griego.

—Olvide que soy un pastor griego y en vez de eso recuerde que somos amantes. ¿Cómo conversaría conmigo de ser así? —inquirió Mr. Malcolm.

—Tengo tan poca experiencia con los amantes como con los pastores griegos —declaró Selina.

—Me complace oírlo —aseguró Mr. Malcolm entre sonrisas—. Pero ¿acaso no puede fingir?

—No —se negó Selina.

—Ya veo que todo recae en mí. Mi diosa, la luna no puede competir con lo radiante que está usted esta noche. —Selina se quedó callada un instante antes de romper en una risilla nerviosa—. ¿Qué le hace tanta gracia? —le preguntó Malcolm.

—Lo lamento, pero ¿es así como se hablan los amantes de verdad? Me parece un total desatino. No creo que pueda decir esa clase de cosas sin inmutarme.

—¿Cómo puede ser la tentadora seducción hecha persona y aun así carecer de talento para el romance? No consigo entenderlo —objetó Mr. Malcolm mientras sacudía la cabeza con desaprobación fingida.

—¿Le parezco la tentadora seducción hecha persona? —inquirió Selina satisfecha con el cumplido—. Nadie me había dicho eso antes.

—Cielos, eso espero. No es un cumplido que se haría en la alta sociedad.

—Usted mismo resulta bastante tentador —aduló Selina cohibida—. Al verlo esta noche, casi quise creer en el mito.

—Pensaba que lo consideraba una historia trágica.

—Y así lo hago. Me refería a la primera parte del mito, cuando Selene se enamora perdidamente del apuesto joven pastor y solicita que lo conviertan en inmortal. Cambiaría el final de modo que no durmiera para toda la eternidad.

—Bueno, yo no creo que durmiera todo el tiempo. Se supone que él y Selene tuvieron cincuenta hijas —le informó Mr. Malcolm; ella pudo atisbar un brillo travieso en sus ojos aun a través de la máscara.

—Solo es una historia —reprochó Selina.

—Cierto es. Pero, por esta noche, quiero creer que es verdadera —reveló él.

Selina no contestó y pasaron lo que quedaba del baile en silencio mientras Mr. Malcolm la hacía girar en círculos vertiginosos por la pista de baile. Selina no malgastó su tiempo pensando en un par de amantes ficticios; no cuando tenía un hombre muy real a pocos centímetros de distancia. Ni siquiera se percató de que Julia y Mr. Ossory danzaban cerca de ellos.

Julia había bajado con su disfraz de lechera y casi de inmediato se topó con un gallardo pirata del siglo pasado, aunque tardó unos instantes en darse cuenta de que se trataba de Henry Ossory. Este se quedó anonadado ante el atractivo de la lechera, y también dudó antes de intentar identificarla con vacilación.

—¿Miss Thistlewaite?

—¿Mr. Ossory? —Julia lo escudriñó durante un instante—. Le ruego que me perdone, pero su disfraz parece totalmente fuera de lugar. Casi tanto como el de Cassie.

—No estoy seguro de cómo tomarme ese comentario. ¿Me encuentra aburrido y apocado, acaso no soy lo bastante varonil para vivir aventuras de bravucón?

Julia se apresuró a tranquilizarlo.

—No, se equivoca. Creo que es muy varonil... —Se detuvo avergonzada y con una timidez poco característica de su persona—. Es decir... No consigo imaginar cómo hemos llegado a hablar de este tema.

—Me declaro totalmente culpable, aunque no me arrepiento del cumplido accidental que me profesó. ¿Le gustaría bailar?

Julia y Henry se unieron al baile, a los dos les costaba encontrar las palabras. Mr. Ossory pensaba que quizá Miss Thistlewaite no era tan mala como se había imaginado con anterioridad, y que bailaba de forma divina; mientras tanto, Julia intentaba comportarse como si no le afectara el contacto con Mr. Ossory, aunque le estaba causando un cosquilleo nervioso que jamás había experimentado antes. Tan absorta estaba en aquellas sensaciones estimulantes que le sorprendió cuando su pareja de baile señaló con un gesto de cabeza en dirección a Selina y a Malcolm y rompió el silencio para comentarle:

—Parece que pronto oiremos campanas de boda.

Julia, quien había dejado atrás su ensimismamiento por la aparición de la otra pareja, se apartó con rapidez de los brazos de Mr. Ossory en cuanto la música llegó a su fin.

—Gracias, debo irme.

—¿Me reservará el baile previo a la cena? —le preguntó Mr. Ossory.

—Quizá —contestó Julia, que ya se estaba alejando.

Mr. Ossory la contempló mientras se iba, desconcertado por su repentino cambio de humor.

Cuando la música terminó, Selina y Mr. Malcolm se quedaron de pie durante un instante el uno en los brazos del otro antes de irse de la pista como si estuvieran en trance. Allí se encontraron con Julia, quien se encargó de romper de una vez por todas el hechizo al pedirle a Selina que la acompañara a su alcoba. Selina se excusó a regañadientes y dejó atrás a Mr. Malcolm.

—Cuando vuelva, me encantaría volver a bailar con usted —dijo él—. Esta noche vamos disfrazados, así que es probable que nadie se entere si bailamos más de dos veces.

—Creo que todo el mundo sabe quién es —objetó Selina—. Pero bailaré con usted al menos una vez más —le prometió antes de abandonar la estancia junto a Julia.

Se sentía algo molesta con ella por haberlos interrumpido. Sin embargo, la alegró darse cuenta de que no podía permanecer enfadada durante mucho tiempo. Estaba segura de que había visto amor resplandeciendo en los ojos de Mr. Malcolm mientras bailaban, y comenzó a preguntarse si le pediría la mano en matrimonio aquella misma noche. Si lo hacía, ella tenía claro qué respuesta le daría.

—¿Por qué estamos yendo a tu alcoba? —inquirió Selina zafándose de su ensueño mientras ella y Julia subían por las escaleras.

—Necesito que me ayudes con mi disfraz. Creo que se me desató una parte.

—¿Has visto a Mr. Ossory? —preguntó Selina acordándose del romance de su amiga.

—Sí, bailamos juntos la última.

—¿Le agradó tu disfraz?

—Supongo. Tampoco hizo ningún comentario —contestó Julia, mientras notaba que su resolución se volvía inquebrantable al percatarse de que el único comentario que había hecho durante su baile había sido acerca de Selina y Malcolm.

Cuando llegaron a la alcoba de Julia, ella permitió que Selina entrara primero al cuarto y, después, como se había quedado en el pasillo, cerró la puerta y echó la llave con su amiga dentro.

—¿Julia? —la llamó Selina desde la oscura estancia.

Al principio no sospechó que su amiga tuviera mala intención, simplemente se preguntaba por qué Julia había cerrado la puerta para dejarlas en la oscuridad más absoluta. Cuando varias de sus llamadas no recibieron respuesta, Selina intentó abrir la puerta y descubrió que estaba cerrada. Fue entonces cuando advirtió lo que acababa de ocurrir.

—¡Cielos, pero qué malcriada! —exclamó Selina.

Comenzó a golpear la puerta mientras pedía ayuda

a gritos. Estuvo así durante diez minutos o más sin recibir respuesta alguna. La música del salón de baile enmascaraba sus gritos, y todos los sirvientes se encontraban en el piso de abajo durante la velada para atender a los invitados o para trabajar en la cocina. Palpó por los muebles en busca de un yesquero y, cuando lo encontró en una mesa cercana, encendió una vela.

Al iluminarse el cuarto, atisbó otra puerta que llevaba a una alcoba contigua y fue a probar. Para su sorpresa, la puerta se abrió.

—Muchacha estúpida —farfulló Selina mientras accedía al otro cuarto y de ahí al pasillo. Se moría de ganas de decirle a Julia lo que pensaba de su inmadura broma.

Mientras tanto, Julia entró en la alcoba de su madre, donde por la tarde había escondido el disfraz de Selene. Se cambió de vestido con prisas, se puso la peluca que había arreglado para que fuera una copia del peinado de Selina y la coronó con el tocado de la luna creciente por el cual había pagado una réplica. Se miró en el espejo y pensó que podría pasar por Selina en un cuarto no muy iluminado.

Julia aún podía oír a su amiga pidiendo ayuda entre gritos cuando abandonó la estancia y bajó las escaleras. Tenía que darse prisa por si acaso alguien la escuchaba. Se acercó a un lacayo y le entregó un trozo de papel.

—Por favor, entrégale esto a Mr. Malcolm. Es urgente que lo reciba de inmediato —le ordenó.

Entonces se apresuró a ir a la biblioteca, donde le había pedido a Mr. Malcolm que se encontrara con ella.

No tuvo que esperar mucho. Estaba a punto de irse, pues había decidido que aquella era una idea terrible y debía liberar a Selina, cuando Mr. Malcolm entró en la estancia.

—Miss Dalton. Selina —la llamó.

A Julia le sorprendió la expresión de admiración que tenía en el rostro. Cuando la comparó con la expresión cercana al desprecio que siempre esbozaba en su presencia, comenzó a sentir que, después de todo, sus acciones estaban justificadas.

—Esto me recuerda a nuestro primer encuentro —relató Malcolm—. Excepto que entonces era yo quien portaba un trozo de papel en la mano. —Se acercó a ella, quien se encontraba en la esquina más oscura de la estancia—. ¿Recuerdas lo que me dijiste?

Julia negó con la cabeza.

—¿Cómo pudiste olvidarlo tan deprisa? Recuerdo cada palabra que hemos intercambiado. Te dije que la esperanza carecía de utilidad y tú no estuviste de acuerdo conmigo. No tenías ni idea de que era a ti a quien estaba buscando. —Mr. Malcolm se calló y alargó el brazo para sostenerle la mano vacía—. Quería esperar al menos hasta que terminara la estadía en mi casa para estar completamente seguro de que estaba tomando la decisión correcta. Pero creo que no puedo estar más convencido de lo que ya lo estoy. Selina, ¿me harías el honor de convertirte en mi esposa?

Julia no podía creerse lo bien que se estaba ciñendo Mr. Malcolm a sus planes.

—Lo siento, no puedo —dijo hablando entre susurros para camuflar su voz.

—¿Qué? —preguntó Mr. Malcolm con aspecto perplejo.

—No puedo casarme con usted —repitió Julia.

—No lo entiendo. Pensaba que sentías lo mismo que yo.

—No puedo negar que le tengo aprecio, pero no puedo casarme con usted. Verá, tengo una lista —narró Julia mientras se recordaba que debía hablar en voz baja, aunque lo que quería era gritar por su triunfo. Le entregó el papel que tenía en la mano y contempló cómo él se movía a una parte más iluminada de la estancia para leerlo.

Vio cómo escudriñaba la lista, titulada *Requisitos para un esposo*. Había tachado todos los puntos de la lista menos uno. Ella creyó saber por su expresión que había leído el requisito. Se trataba del siguiente: «No hace sentir a los demás como que no están a la altura de unos valores imposibles».

Cuando finalmente la miró con una expresión de sorpresa y dolor en el rostro, ella se dio la vuelta y se apresuró a salir de la biblioteca haciendo caso omiso a su grito para que esperara.

Malcolm no se podía creer lo que tenía entre las manos. Tras años invertidos en juzgar a los demás, apenas podía suponer que era a él a quien habían juzgado y habían tachado de no dar la talla. Alguien en alguna parte se estaba riendo de él, no le cabía duda. Se quedó allí parado un rato, derrotado, contemplando la lista de Selina incrédulo, antes de darse cuenta de que no podía permitir que aquello acabara así. Convencería a Selina de que cumplía con todos los requisitos de su lista, tal como ella cumplía con todos los de la suya.

Selina bajó a toda prisa las escaleras hasta llegar a la pista de baile. No veía a Julia entre las decenas de bailarines, pero se topó con Mr. Ossory.

—Miss Dalton, creía que estaba en la biblioteca con Malcolm.

—¿Qué? —le preguntó mientras seguía buscando a Julia con la mirada.

—Bueno, quizá no debería mencionarlo, pero Malcolm recibió su nota mientras estaba hablando conmigo, así que me comentó lo de su encuentro en la biblioteca.

—No he planeado ningún encuentro con Mr. Malcolm... —comenzó Selina, pero se detuvo. Empezaba a preguntarse si debía buscar a Julia en la biblioteca. Se dio la vuelta y abandonó el salón de baile seguida por Mr. Ossory.

—Miss Dalton, ¿está todo bien? —preguntaba Mr. Ossory mientras se acercaban a la puerta de la biblioteca, cuando una mujer ataviada con una réplica exacta del disfraz de Selina salió corriendo de la estancia hacia el pasillo.

Se hizo un silencio incómodo cuando Mr. Ossory pasó la mirada de una Selene a otra. Entonces dijo:

—Miss Thistlewaite, ¿es usted? ¿Qué hace vestida igual que Miss Dalton?

—¡Julia! —exclamó Selina—. ¿Qué significa todo esto?

Julia trató de bordearlos, pero Mr. Ossory la detuvo con una mano en el brazo.

—Creo que será mejor que nos explique qué está pasando, Miss Thistlewaite —le advirtió con voz y expresión adusta.

—Selina. —Oyeron que Malcolm la llamaba desde la biblioteca antes de que se uniera a ellos en el pasillo—. ¿Qué está pasando? —preguntó al ver a las dos Selenes.

—Que estamos esperando a que Julia nos dé una explicación —le informó Selina.

—¿Julia? —inquirió mirando con más atención a la segunda Selene—. Quizá deberíamos volver a la biblioteca —sugirió.

Todos pusieron rumbo a la biblioteca. Mr. Ossory condujo hasta allí a una resignada Julia. Mr. Malcolm encendió más velas, se quitó la máscara y escudriñó a Julia, quien estaba sentada junto a Mr. Ossory en uno de los sillones.

—Entonces supongo que fue usted quien rechazó mi proposición hace un momento —adivinó Malcolm.

—¿Qué? —exclamó Selina—. Julia, ¿cómo pudiste?

Julia, al ver los tres rostros mirándola con la más absoluta desaprobación, se arrancó la máscara y rompió a llorar.

—¿Y bien, Miss Thistlewaite? —insistió Mr. Ossory, en apariencia ajeno a su llanto, después de concederle uno o dos minutos.

—Él mismo se lo buscó —reveló Julia mientras señalaba a Mr. Malcolm con la cabeza—. Me rechazó públicamente y todo porque no cumplía con un requisito en su maldita lista. Por lo que decidí que le haría probar su propia medicina, que lo juzgaran y decidieran que no daba la talla. Le presenté a Selina...

—¡Selina! No me digas que tuviste algo que ver en todo esto —inquirió Malcolm.

—No, por supuesto que no —declaró Selina, pero después su sinceridad innata salió a la luz—. Bueno, quiero decir, sabía lo de la lista, pero no quería verme involucrada en las artimañas de Julia.

—¿Sabías lo de la lista? —repitió Mr. Malcolm.

—Sí, aunque no pensarás que yo... —comenzó Selina.

Malcolm la interrumpió.

—¿Cuándo lo descubriste?

—El día que llegué a la ciudad Julia me lo mencionó, pero no pensarás...

—¿Puedes parar de decidir lo que pienso y lo que no? —preguntó Malcolm, y Selina se apartó consternada. Jamás había visto a Malcolm de aquella forma.

Frío, implacable, furioso—. ¿Y puedes, por favor, qui-
tarte esa maldita máscara? Se acabó la farsa.

Selina contestó con dignidad:

—Jamás he fingido ser nada más que lo que soy.

—Conque no me mentiste y me dijiste que no estabas emparentada con Mrs. Covington —le reprochó
él—. Dios, he sido un completo idiota. Debí haberme
percatado entonces —declaró mientras se pasaba la
mano por el cabello.

—Espera —lo llamó Selina mientras se acercaba
hasta donde estaba y le colocaba una mano en el brazo—. Por favor, escúchame antes de condenarme.

—¿Y por qué debería creerte? Parece ser que me
has estado engañando todo este tiempo.

Selina se apartó del hombre, diminuta, como si la
hubieran golpeado y se desplomó sobre una silla cercana. Mr. Ossory se vio obligado a salir en su defensa.

—Mr. Malcolm, quizá debería escuchar lo que Selina tenga que decir.

—Conque Selina. Parece que a ti también te embru-
jó por completo, igual que a mí. No creo que seas la
persona apropiada para darme consejos. Por favor, si
me disculpan, estoy dando un baile ahora mismo. Una
fiesta de máscaras, por muy irónico que suene —manifestó, y se fue de la biblioteca.

Selina se quedó sentada como si se hubiera convertido en piedra, y una única lágrima le rodó por la mejilla dejando una marca en el polvo blanco que se había aplicado en el rostro. Julia se levantó de su asiento
y corrió para arrodillarse junto a la silla de su amiga.

—Selina, lo lamento mucho. Por favor, di que me perdonarás.

Selina la ignoró, se levantó de la silla y caminó hacia la puerta.

—Por favor, discúlpenme —dijo antes de salir de la estancia.

12

Julia se quedó sola ante un Henry Ossory enfadadísimo.

—Estará orgullosa del comportamiento del que ha hecho gala esta noche —dijo el hombre.

—Por supuesto que no. Me avergüenzo mucho. Tengo el estómago revuelto —contestó Julia, y se llevó una mano al vientre.

—Debería avergonzarse, sin duda alguna. Destrozó la vida de dos personas, ¿y todo por qué? Por el resentimiento sinsentido que tiene contra Mr. Malcolm.

—Carecía de sentido, ¿no? —comentó Julia con aire pesaroso—. Es una sensación extraña... En su momento, me parecía que tenía todo el sentido del mundo.

Henry empezó a sentir un poco de pena por la joven. Se encontraba en un estado deplorable: tenía la nariz roja por el llanto, y llevaba el cabello revuelto tras haber perdido la peluca durante la acalorada discusión que acababan de vivir. De hecho, Henry jamás la había visto así de mal. Julia se percató de que el hombre la estaba observando y, en un intento patético por adecentarse, empezó a pasarse las manos por el cabello.

Mr. Ossory le brindó un atisbo de sonrisa, pero tuvo el efecto contrario en la joven. El caballero se quedó pasmado al ver que Julia se lanzaba a sus brazos sollozando y se acomodaba contra su pecho. Henry intentó tranquilizarla y le acarició la cabeza, mientras trataba de no obsesionarse con el hecho de que, al parecer, los griegos no tenían por costumbre llevar ropa íntima bajo sus túnicas.

Cuando los sollozos se transformaron en unos hipidos esporádicos, Henry se preguntó si sería mezquino por su parte apartarla. Cuanto más la estrechaba entre los brazos, más incómodo se sentía. No quería tener pensamientos libidinosos precisamente con Julia Thistlewaite, francamente.

Una gran sensación de alivio lo embargó cuando la joven por fin rompió el abrazo, al tiempo que se disculpaba por la mancha que habían dejado sus lágrimas en su traje.

—No se preocupe —dijo él preguntándose si podría aprovechar el momento para despedirse de ella. Pero Julia seguía allí, a apenas medio metro de distancia, con la cabeza gacha en una postura impropia de la imponente Miss Thistlewaite, y pensó que sería toda una grosería por su parte dejarla en semejante estado.

—Y lamento haberle involucrado en todo esto. Imagino que ahora Selina y usted se comprometerán y se casarán —se disculpó Julia echándole una mirada furtiva.

—Yo no estaría tan seguro —replicó él—. Quizá todavía quede esperanza para la pareja.

—Pero usted está enamorado de Selina —contestó Julia—. ¿No desea que sea libre para poder desposarla?

—No será libre si está enamorada de otra persona.

—Cuánto me gustaría ser como Selina —suspiró la joven—. Todo el mundo la adora. Resulta bastante exasperante —añadió, y ya parecía empezar a recuperar su antigua personalidad.

En aquel momento, Henry resolvió que Julia sobreviviría.

—Si me disculpa, Miss Thistlewaite...

—Ah, claro, por supuesto. Váyase. Yo me quedaré aquí y pensaré en todos mis defectos. —Henry se encaminó hacia la puerta, pero volteó al oír la voz de Julia a sus espaldas—. Mr. Ossory, ¿cree que Selina podrá perdonarme algún día?

—No lo sé —contestó él con voz seria.

Julia asintió y alzó la barbilla, al tiempo que se secaba una lágrima con furia.

Sin hacer mucho ruido, Julia llamó a la habitación de Selina.

—¿Selina? —dijo. Al no obtener respuesta intentó girar el picaporte, y no se sorprendió al ver que la puerta estaba cerrada con llave. Llamó de nuevo.

—Déjame —oyó la voz de Selina.

—Selina, abre la puerta, por favor.

—No.

—No me iré hasta que no abras la puerta.

Julia aguardó durante unos minutos en silencio. No ocurrió nada, así que volvió a llamar. Entonces la puerta se abrió al instante.

—Ya está, abrí la puerta. Ahora vete y déjame sola —dijo Selina, y cerró la puerta otra vez.

—Bien sabes que no era eso a lo que me refería —contestó Julia. Al girar el picaporte, descubrió que la llave ya no estaba echada. Entró en la habitación y se dirigió al asiento bajo la ventana en el que Selina observaba la oscuridad con la mirada perdida.

Allí, delante de ella, Julia no sabía qué decirle a su amiga. No había nada que pudiera justificar sus actos: había sido vil y despreciable. Se quedó de pie, inmóvil, preguntándose si debería irse, y entonces Selina volteó para mirarla.

—Si te estás preguntando si deberías encerrarme aquí en mi habitación, puedo asegurarte que no tengo ni la más mínima intención de bajar en toda la noche. No dudes en hacerte pasar por mí hasta mañana si así lo deseas.

—Pues claro que no me estaba planteando dejarte aquí encerrada —respondió Julia, pero titubeó al ver la mirada de rabia de Selina—. Selina, lo siento muchísimo. No sabes cuánto lo lamento, de verdad.

—No te molestes. Da igual, no quiero oírlo.

—Estás en todo tu derecho de odiarme. Yo misma me aborrezco. Debí hacerte caso hace semanas. Pero estaba celosa de ti —confesó Julia.

—¿Qué estás diciendo? Si hiciste todo esto porque ansiabas vengarte de Mr. Malcolm.

—No sé por qué hice lo que hice. Al principio quería humillar a Mr. Malcolm, pero después también ansiaba arrebatarte la oportunidad de estar con él. No podía soportar que tú lograras aquello que yo no había conseguido.

—Bueno, ahora conseguiste destrozar mis sueños de tener una vida dichosa con Mr. Malcolm, supongo que estarás más que satisfecha.

—Eso es lo más extraño de toda esta historia: no estoy satisfecha, para nada.

—Supongo que en realidad no importa por qué lo hiciste —suspiró Selina—. Ya es demasiado tarde para cambiar las cosas.

—Entonces ¿podrás perdonarme?

—Haré todo lo que quieras solo si prometes que luego te irás —respondió Selina.

—No, tenemos que hallar la forma de arreglar este enredo —afirmó Julia. Arrastró un taburete hacia Selina y se sentó a los pies de la joven.

Selina dejó escapar un gemido de exasperación y apoyó la cabeza sobre la ventana.

—¿Por qué no te vas y me dejas hundirme en la miseria en paz?

—Porque no quiero que seas desdichada. Quiero que seas feliz.

Selina escudriñó la sinceridad del gesto de Julia, y vio que estaba siendo completamente honesta en sus palabras.

—Pues parece que ambas estamos destinadas a una vida de decepciones —contestó Selina.

—Mr. Malcolm te ama, Selina —dijo Julia—. Yo lo sé mejor que nadie. Estuve allí cuando pidió tu mano en matrimonio.

—Si quieres que te perdone, mejor será que no me lo recuerdes nunca más —le advirtió Selina.

—Lo que quiero decir es que, si te quiere, estoy convencida de que te perdonará en cuanto le expliquemos toda la verdad. Y ese es mi nuevo plan, contárselo todo.

—Te olvidas de que piensa que las dos somos unas mentirosas y unas embusteras. No se creerá ni por un segundo que le estás contando la verdad.

Julia la miró perpleja, pero, un minuto después, una expresión triunfante se adueñó de su rostro.

—Cassie.

—¿Cómo que Cassie?

—Cassie se lo contará todo. Mr. Malcolm creerá sus palabras. Y Cassie conoce todos los detalles de la historia.

—¿De verdad me estás diciendo que debo confiarle el futuro de mi felicidad a Cassie, tu primo Cassie? —preguntó Selina.

—Sí, eso mismo, aunque ni yo misma me lo crea.

Selina se encogió de hombros, harta de toda esa conversación.

—Supongo que no me importa que lo intente, pero dudo que consiga nada. Jamás he visto a un hombre tan indignado como lo estaba esta noche Mr. Malcolm.

—Se le pasará —le aseguró Julia—. Se le tiene que pasar.

Julia se fue de la habitación de Selina y se puso su disfraz de lechera. Intentó arreglarse un poco el cabello, pero sin la ayuda de su doncella le resultó una hazaña imposible. Al final resolvió que era probable que las lecheras no se preocuparan en demasía por su aspecto, y corrió escaleras abajo hacia el salón de baile en busca de Cassie. Lo encontró enseguida, apoyado contra una columna, observando el baile. Si bien todavía no había llegado el momento de quitarse las máscaras, Julia habría reconocido aquella figura larga y desgarbada en cualquier lugar del mundo. Hasta vestido con lo que parecía ser una sábana.

—Cassie —lo llamó Julia—, necesito hablar contigo.

—Mira, Julia, no sé por qué las muchachas se pasan el día quejándose de que deben llevar vestidos. Te juro que son muchísimo más cómodos que los pantalones. Y, cuando camino, siento una brisilla de lo más refrescante...

—¡Cassie! No vine a hablar contigo sobre las ventajas de los ropajes femeninos. Debemos hablar en serio sobre la situación entre Mr. Malcolm y Selina.

—Comprendo. Por fin has visto la luz y has entendido que tu pequeño ardid es inútil. Bueno, yo ya lo sabía. Me di cuenta de que Malcolm y Selina estaban hechos el uno para el otro desde el primer instante en el que los vi. Supongo que eso debe de doler. Tu plan era humillar a Malcolm y al final conseguiste servirle a la esposa perfecta en bandeja de plata. —Cassie se rio entre dientes mientras murmuraba—: Y luego dicen de la justicia poética...

—Está bien, Cassie, por mucho que me cueste admitirlo, debo reconocer que tenías toda la razón, y que yo me equivocaba. Por si eso fuera poco, lo eché todo a perder de verdad y ahora necesito tu ayuda.

Cassie miró a Julia con cierto recelo, preguntándose si su prima estaba siendo sincera. Jamás había oído palabras semejantes salir de la boca de la joven. Cuando determinó que Julia parecía estar contándole la verdad, se relajó y una expresión de resignación se le dibujó en el rostro.

—¿Qué hiciste ahora? —preguntó.

Mientras Julia ponía a su primo al día de lo ocurrido, Mrs. Dalton se acercó a ellos para preguntarles si habían visto a Selina.

—Creo que está en su habitación —respondió Julia bastante incómoda ante la situación.

Por la mirada penetrante que le lanzó la madre de Selina, Julia estaba convencida de que la mujer sospechaba que había mostrado un comportamiento inmoral, y se sintió aliviada al ver que Mrs. Dalton le daba las gracias y se iba.

Mrs. Dalton claro que se preguntaba por qué la joven Thistlewaite parecía tan cohibida, y esperaba que la joven no supiera que algo terrible le había pasado a su hija. Dichosa, Mrs. Dalton había observado cómo su hija bailaba el primer vals con el anfitrión de la fiesta, pero poco después Selina había desaparecido y Mr. Malcolm había vuelto al salón de baile con una cara que podía cortar el aire. Tras ello, el hombre había bailado con varias sultanas y gitanas, entre risas y coqueteos que no se correspondían con el comedimiento solemne del que había hecho gala.

Mrs. Dalton, mujer sabia donde las hubiera, concluyó que Mr. Malcolm había reñido con su hija y, tras esperar casi una hora a que Selina hiciera acto de presencia en el salón de baile, había decidido ir en su búsqueda. Acababa de empezar a buscarla cuando se cruzó con Julia y Cassie y, haciéndoles caso, subió a la habitación de su hija.

Llamó a la puerta con mucho cuidado, pero nadie respondió, así que la abrió y echó un vistazo al interior llamando a Selina.

—¿Quién es? —La mujer oyó la voz de su hija, aunque no pudo verla porque las mantas de la cama ocultaban su figura.

Mrs. Dalton entró en el cuarto y cerró la puerta tras ella.

—Soy tu madre, Selina —dijo acercándose a la cama. Selina estaba acurrucada bajo las mantas, y era evidente que había estado llorando un buen rato—. Tranquila, ven aquí —dijo su madre. Después se sentó a su lado, la abrazó, y Selina empezó a llorar desconsolada mientras su madre la acunaba, como hacía cuando era pequeña.

Cassie por fin pudo llevarse a Mr. Malcolm a la galería de estatuas, una sala que aquella noche servía de comedor. Había aguardado impaciente a que Malcolm acabara de bailar, pero parecía que su amigo, quien por lo general era muy quisquilloso con sus compañías, había elegido esa noche para danzar con todas las mujeres del país. Hasta que una de las parejas de baile de Malcolm le pidió una copa de ponche, Cassie no pudo estar a solas con él para hablar.

—Malcolm, tengo que hablar contigo —dijo Cassie a su amigo.

—Ya estás hablando conmigo —contestó el caballero.

—No, hablar contigo de verdad. A solas.

—Lo lamento, amigo mío, pero estamos en un baile. El protocolo dictamina que las conversaciones serias no tienen cabida en un baile. Si lo que querías era una conversación de dichas características, tendrías que haber asistido a una cena, aunque dudo que la hubieras encontrado tampoco —comentó Malcolm. Después, agarró una copa y volteó para irse de la sala.

—Malcolm, es importante. Por favor, escúchame. No nos llevará más de diez minutos.

Mr. Malcolm se giró para mirar a su amigo; Cassie, quien por lo general mostraba una actitud relajada, lucía una expresión decidida. Malcolm suspiró y asintió.

—Deja que le lleve la copa de ponche a Miss Madison y me reúno contigo en la biblioteca. Aunque esperaba no volver allí en lo que quedaba de velada.

Cassie estaba convencido de que la furia de su amigo contra Selina se aplacaría al escuchar toda la historia, pero Malcolm parecía inflexible.

—No entiendo por qué me estás contando todo esto —dijo cuando Cassie terminó de explicarle cuanto había sucedido.

—Solo estoy tratando de que comprendas que todo esto no es culpa de Miss Dalton, la culpable es Julia. Desde el principio Miss Dalton se mostró disconforme con toda esta pantomima. Sobre todo después de conocerte, le repitió a Julia que no quería participar en sus ardides. Pensé que entrarías en razón y comprenderías que era mi prima la única que ansiaba dejarte en evidencia, no Miss Dalton.

—No sé cómo osas defender el comportamiento de Miss Dalton después de todo el plan que han urdido para humillarme —dijo Malcolm observando a Cassie con un gesto muy poco amistoso.

—Intentaba ayudarte, caramba, ojalá pudieras comprenderlo. Es verdad que Julia quería humillarte, no lo niego. Pero yo, por mi parte, sabía que Miss Dalton era la mujer perfecta para ti desde el primer momento.

—Tanto si tu intención era ayudarme como si no, no cambia el hecho de que Miss Dalton utilizó información que tú le habías contado sobre mis requisitos para convertirse así en la mujer que buscaba. No conozco su verdadera personalidad.

—¡No es cierto lo que dices! Selina apenas prestaba atención a los consejos que Julia y yo le dábamos. Si nos hubiera escuchado, seguramente jamás habría despertado tu interés.

—Así que me estás diciendo que Selina es más inteligente que Julia y que tú.

—¡No! Yo no dije eso. Es decir, es más que probable que sea más inteligente que nosotros, pero... —Cassie se pasó la mano por el cabello, nervioso, y con el gesto se llevó por delante las hojas que lucía alrededor de las orejas—. Maldita sea, estás tergiversando todo lo que digo. Solo quiero que entiendas que Selina Dalton es la mujer perfecta para ti, Malcolm, y que si desaprovechas esta oportunidad te arrepentirás toda la vida.

—Te agradezco la preocupación por mi futuro, pero en mi infame lista de requisitos no hay una sola línea en la que aparezcan el engaño, la mentira o la conspiración. Ya no estoy interesado en Miss Dalton, y lo único de lo que puedo arrepentirme es de haber caído en sus redes. —Malcolm se levantó y se fue hacia la puerta—. Ahora te ruego que me disculpes, pero le prometí a Miss Madison que bailaría con ella la siguiente pieza.

—Espero que tropieces y te rompas esa terca cabeza dura que tienes —murmuró Cassie.

—Te oí —gritó Malcolm al otro lado de la puerta.

—¡Me alegro! —contestó Cassie.

Julia y Mr. Ossory esperaban impacientes a que Cassie terminara su conversación con Malcolm. Al ver que el susodicho regresaba al salón de baile, ambos se escabulleron a la biblioteca.

—¿Y bien? —preguntó Julia en cuanto puso un pie en la sala. Cassie alzó la mirada y las esperanzas que había albergado la joven desaparecieron al ver el gesto de su primo. Julia se tiró sobre el sillón de una forma muy poco elegante, y añadió—: ¿Qué pasó?

—No quería oír ni una palabra en defensa de Miss Dalton. Le conté toda la historia, y ahora cree que Miss Dalton tenía intención de engatusarlo.

—No se merece a Selina —sentenció Julia, pero entonces cruzó una mirada con Mr. Ossory, quien esperaba ansioso poder ocupar el lugar de Mr. Malcolm. En aquel instante, Julia se dijo a sí misma que Selina estaría mucho mejor con Mr. Malcolm.

—No alcanzo a comprender por qué Jeremy se está mostrando tan descortés.

—Yo estoy más que sorprendido. Nunca he visto a Malcolm ser tan injusto —dijo Cassie—. Aunque hubo un día, en Eton, mientras jugábamos al críquet...

Julia interrumpió los recuerdos de su primo sin andarse con delicadezas.

—Tal vez siga ofendido —sugirió la joven—. Quizá no le hemos dado el tiempo suficiente para que se le pase el enfado. Estoy convencida de que mañana verá las cosas de otra forma y podremos hablar con él. En cuanto tenga tiempo para pensar en lo que Cassie le conté, seguro que verá que fue muy injusto con ella.

En aquel mismo instante, unas palabras similares salían de la boca de Mrs. Dalton.

—Mi niña, verás como mañana todo será mejor. Por lo que me contaste, Mr. Malcolm sufrió un agravio por parte de aquellos en los que pensaba que podía confiar. Y no estoy hablando de ti, Selina —se apresuró a aclarar su madre en cuanto vio que Selina parecía a punto de protestar—. Me refiero a lord Cassidy y a Miss Thistlewaite. No debe de ser agradable descubrir que las personas a las que invitaste a tu propia casa han estado maquinando y conspirando a tus espaldas. Estoy segura de que, en cuanto Mr. Malcolm se sobreponga de la sorpresa inicial, será más transigente contigo.

—¿Lo piensas de verdad, mamá? No creo que sea capaz de soportar otra mirada como la que me lanzaron esta noche. Como si fuera una especie de alimaña que se encontró bajo una piedra.

—Estás exagerando, seguro. Pero, aunque así fuera, de verdad confío en que mañana verás las cosas desde otra perspectiva.

Sin embargo, a la mañana siguiente Mr. Malcolm había desaparecido. Selina se dijo que su anfitrión dormiría hasta tarde tras la larga noche que había pasado, pero, como a ella le resultaba imposible conciliar el sueño, bajó muy temprano al comedor para el desayuno. Poco después se unieron a ella Julia, Henry, Cassie y Mrs. Dalton. Estaban todos famélicos, o quizá es que tardaban mucho en comer. Todos ellos se entretuvieron con el desayuno hasta que el reloj dio las once de la mañana, y seguía sin haber rastro de Mr. Malcolm.

El susodicho hizo acto de presencia a la hora de la comida, por fin, pero parecía lucir un disfraz mucho más elaborado que el que había llevado la noche anterior. Se mostró educado con Selina, pero la joven ya no atisbaba ni un ápice de afabilidad en su mirada o en el tono de su voz cuando se dirigía a ella.

La joven decidió que lo mejor sería irse inmediatamente de la mansión Hadley. Era evidente que Mr. Malcolm ya no sentía ninguna clase de afecto por ella. El gesto que veía en su rostro no tenía nada que ver con la expresión que había mostrado él cada vez que habían estado juntos antes de la debacle de la noche anterior, y gracias a su semblante a Selina le resultaba evidente que cualquier sentimiento de cariño que pudiera haber tenido Mr. Malcolm hacia ella había desaparecido.

—Mr. Malcolm, querría agradecerle a usted y a lady Kilbourne por su gran hospitalidad, pero creo que ya es hora de que mis padres y yo nos vayamos. Regresaremos a Sussex por la mañana —anunció Selina. Sin embargo, la joven se sorprendió al ver que su madre negaba con la cabeza con vigor.

—Lo lamento, Selina, sé que habíamos quedado en que nos iríamos por la mañana, pero creo que no puedo irme todavía. Esta mañana me desperté con ardor de garganta, y temo que haya pescado un resfriado. —Haciendo caso omiso de la mirada de consternación que le lanzaba su hija, Mrs. Dalton se dirigió a Mr. Malcolm—. Señor, me temo que tendremos que abusar de su hospitalidad un par de días más.

—No se preocupe en absoluto, Mrs. Dalton. Por favor, quédense el tiempo que quieran. A mí no me afecta en lo más mínimo —dijo con cortesía, pero sus palabras hicieron mella en Selina. A la joven le pareció que el hombre estaba dejando bien claro la total indiferencia que sentía hacia ella.

—Muy bien, en tal caso, mamá, yo regresaré a la ciudad con las Thistlewaite. No me cabe la menor duda de que están deseando volver a casa. Mrs. Thistlewaite, ¿le parece bien que me quede con ustedes una semana más? —le preguntó Selina.

—Por favor, será un placer... —empezó a decir la mujer, pero su hija la interrumpió de pronto.

—Disculpa, Selina, mi madre y yo todavía no estamos listas para regresar. La verdad es que la vida en el campo me resulta muy relajante. Me repugna la idea de volver al ajetreo de la ciudad.

Selina, frustrada, fulminó con la mirada a su amiga, pensando que quizá la noche anterior se había precipitado al perdonarla por sus actos.

—De acuerdo, pues al parecer me quedaré un par de días más en la mansión —concluyó Selina.

—Espero que disfrute del resto de su estancia —dijo Mr. Malcolm, aunque la miró como si fuera una desagradable desconocida, por lo que el hombre debía ser consciente de que Selina no disfrutaría ni un segundo más en aquella mansión.

—¡Qué esplendido es que te quedes, querida! —exclamó lady Kilbourne, y por lo menos sus palabras parecían sinceras. Selina giró para responderle con una sonrisa, y se quedó pasmada al ver que la mujer la observaba con todo el cariño que le faltaba a su hijo.

13

Selina fue a la biblioteca después de la comida, ya que pensó que, si debía quedarse en aquella condenada mansión unos cuantos días más, pasaría el tiempo leyendo en su habitación. De esa forma, se aseguraría de evitar a su anfitrión. Le desconcertó encontrárselo ya en la biblioteca.

—Ay, disculpe —dijo al verlo apostado en un sillón de respaldo alto junto a la chimenea vacía. Se dio la vuelta para irse.

—No tiene por qué irse. Supongo que vino a la biblioteca para algo —indicó él a la par que se levantaba del sillón.

Ella se detuvo en el umbral y lo miró por encima del hombro.

—Venía por un libro, pero puedo volver luego.

—Ya que está aquí, por lo menos podría agarrar el libro.

Selina caminó hasta las estanterías, pero le costó mucho concentrarse en los títulos y el silencio parecía hacerse interminable. Pensó que Mr. Malcolm también se sentiría incómodo, ya que se aclaró la garganta antes de hacer una pregunta inocua.

—¿Le gusta leer, Miss Dalton?

Ella dejó de ojear los libros para mirarlo.

—Ya le dije antes que disfruto de la lectura, si es que se acuerda.

—Ah, sí. Recuerdo que dijo una vez que le gustaba leer, pero he descubierto que a veces la gente dice cosas que no cree de verdad.

—No tengo por costumbre hacerlo —reprochó Selina. Cuando él se limitó a mirarla de forma sardónica, ella recordó que no le había contado la verdad acerca de Gertie, con lo que se giró de nuevo hacia la estantería y sacó un libro de su estante a ciegas. Se dio la vuelta apresuradamente para irse, pero Mr. Malcolm la detuvo al agarrar el libro que portaba en sus manos y dándole la vuelta para leer el título.

—¿Poesía, Miss Dalton? Vaya, conque es una romántica. Yo la habría tomado por pragmática —indicó. Ella bajó la mirada hasta su mano, que se encontraba a centímetros de la suya, unidas por el libro que ambos sujetaban.

Selina tiró del libro para quitárselo.

—Sin duda a partir de ahora lo seré. Recientemente he aprendido que es un error albergar ilusiones románticas. La realidad tiene la costumbre de inmiscuirse y puede llegar a ser muy doloroso.

—Supongo que por realidad querrá decir verdad. Es complicado asirse a nuestras ilusiones románticas frente a la amarga verdad, ¿no cree?

—O frente a lo que otras personas perciben como verdad.

Malcolm se limitó a sonreír; Selina se sintió decepcionada cuando la intensidad desapareció de sus ojos y su rostro adoptó la máscara amable que había lucido toda la tarde.

—Es usted muy inteligente, debo admitirlo —declaró.

—¿Eso cree? —preguntó Selina—. Yo considero que he sido muy estúpida.

—Bravo —dijo Malcolm mientras aplaudía sin hacer mucho ruido—. Está interpretando el papel de amante herida de forma exquisita, ya lo creo. Casi tan bien como su anterior personaje.

Selina quería replicar, pero sentía una opresión en el pecho y pensó que si hablaba rompería a llorar, lo cual se negaba a hacer delante de él. Por tanto, se limitó a salir de la estancia y lo dejó allí de pie, solo.

Aquella noche, cuando llegó la hora de la cena, Selina había decidido que lo mejor sería evitar hablar con Mr. Malcolm. Y como él parecía estar ignorándola también, no le resultó difícil hacerlo.

El resto de los comensales intentaron comportarse como si no estuviera teniendo lugar nada inusual. En especial lady Kilbourne y Mrs. Dalton, quienes se esforzaban valerosamente por llevar la conversación, aunque era evidente que la noche estaba ensombrecida. Lady Kilbourne, Mrs. Thistlewaite y Mr. y Mrs. Dalton jugaron desganados una partida de *whist* después de la cena, pero la madre de Selina apenas era consciente de qué mano de cartas sujetaba. Cassie, Julia y Henry Ossory se sentaron en una esquina del salón para contemplar a Selina, quien fingía leer un libro mientras Malcolm escribía cartas.

—Debemos hacer algo —susurró Julia a sus dos cohortes.

—Creo que así es como comenzó todo este desastre —replicó Cassie.

Julia comenzó a contestar, pero interceptó una mirada de advertencia de Mr. Ossory y, con mucha generosidad, decidió pasar por alto el comentario de su primo.

—Mr. Ossory, ¿y si le prestara atención a Selina? Creo que Mr. Malcolm estaba celoso de usted antes. Podría volver a funcionar.

—No me parece una buena idea —murmuró Henry.

—¿Por qué no me pides a mí que provoque a Miss Dalton? —preguntó Cassie—. Estaría dispuesto.

—No seas absurdo. Estamos intentando que Malcolm sienta celos, no náuseas —dijo Julia con desdén antes de volver a girarse hacia Henry—. Solo tendría que fingir. Y tampoco es que sea algo muy descabellado, admitió que la admiraba.

Henry no podía explicar por qué, pero, por alguna razón, la petición de Julia lo enfurecía. Sin embargo, aceptó de mala gana intentarlo y se acercó hasta el sillón en el que Selina se sentaba para preguntarle en voz lo bastante alta para que Mr. Malcolm lo escuchara si le gustaría ir a dar un paseo por los jardines. Miró hacia Julia para conseguir su aprobación y se preguntó por qué le obsequió con una mirada feroz si solo había hecho lo que le había pedido.

Como Henry estaba observando a Julia, pasó por alto la reacción de Malcolm ante su propuesta. Selina no. Vio que Malcolm levantaba la vista de su escritura con un leve ceño fruncido antes de volver a bajarla cuando se percató de que Selina lo contemplaba.

—Me encantaría pasear con usted, Mr. Ossory —contestó Selina en el mismo tono de voz estridente que había utilizado Henry para su petición.

Le sorprendió que Henry pareciera algo decepcionado ante su aceptación y entonces se dio cuenta de que miraba a Julia, quien también parecía decepcionada.

—Quizá a Julia le gustaría venir con nosotros —sugirió Selina en un tono de voz más bajo.

Tanto a Henry como a Julia se les iluminó el rostro al oír la sugerencia, pero la muchacha rechazó la oferta con educación, por lo que Henry y Selina pusieron rumbo a su paseo.

Al principio, entre ellos se hizo un silencio incómodo, el único sonido que se apreciaba era el de la gravilla que crujía bajo sus pies. Selina por fin se decidió a romper el silencio y comentar:

—Pensaba que habíamos decidido ser solo amigos, Mr. Ossory.

—¿Qué? Ah, por supuesto —afirmó Henry—. Es solo que...

—Es solo que, ahora que Malcolm ya no está interesado en mí, teme que espere que cumpla con los deseos de su tía de que nos unamos en matrimonio, ¿no es así?

—Bueno, sí, y no me habría importado un ápice la semana pasada, pero ahora...

—Pero ahora se siente atraído por Julia —proclamó Selina cuando Henry pareció incapaz de acabar la frase.

—¡No, no es eso! —exclamó Henry—. Bueno, puede que un poco, pero eso no quiere decir que me vaya a casar con ella. Aunque tampoco estoy diciendo que no me vaya a casar con ella.

Selina se rio.

—Bueno, mientras lo tenga claro...

Henry sonrió con pesar.

—Sueno como un idiota, ¿no cree? Ni yo mismo me entiendo. Hace una semana ni siquiera me agradaba Miss Thistlewaite. —Sonaba genuinamente confuso, lo que hizo que Selina se volviera a reír.

—Creo que juntarse con usted está sacando a relucir sus mejores cualidades —reveló ella.

—Eso espero. Debo decir que su actitud anoche me dejó totalmente consternado. Pero creo que de verdad se arrepiente.

—Estoy de acuerdo. Y tampoco puedo culparla demasiado, pues eso me reveló quién es de verdad Mr. Malcolm. Ahora pienso que Julia tenía más razón que yo en lo que a conocer su personalidad se refiere.

Henry sacudió la cabeza.

—Siento contradecirla, Miss Dalton, pero me parece que está usted equivocada. Las acciones de Miss Thistlewaite se vieron forzadas por el egoísmo y el orgullo. Ella jamás quiso conocer de verdad a Mr. Malcolm. En mi opinión, quien conoció al verdadero Malcolm es usted. Y su comportamiento actual es la reacción a la tremenda herida que recibió.

—Sí, la herida a su orgullo —declaró Selina.

—Quizá su orgullo esté herido, pero creo que es algo más profundo que eso. Estaba listo para desposarla. Eso debería ilustrar la profundidad de su afecto.

Selina suspiró.

—Al principio yo también lo pensaba, pero la forma en la que me mira y en la que me habla...

—Solo ha pasado un día. Dele tiempo.

—Tampoco es que tenga opción, ¿verdad? Mi madre y Julia truncaron mis intentos de irme.

—Solamente buscan lo mejor para usted.

—¿Y es por eso también por lo que está usted aquí fuera paseando conmigo? —preguntó Selina.

—Bueno, si le soy sincero, lo sugirió Miss Thistlewaite. Pensó que podría darle celos a Malcolm si yo le prestaba algo de atención. Pero me agrada mucho pasear con usted.

—Sin embargo, preferiría estar paseando con Julia. —Selina lo detuvo cuando intentó protestar—. Tranquilo, no pasa nada. Debo admitir que si me dieran a elegir yo preferiría estar paseando con Mr. Malcolm. Si no me detestara, por supuesto.

—Si le sirve de consuelo, Cassie estaba dispuesto a

pasear con usted, pero Miss Thistlewaite determinó que no tendría el efecto deseado.

—Eso sin mencionar que los dedos de mis pies estarían en constante peligro.

Selina y Henry regresaron al salón principal de mejor humor, lo que tuvo el inusual efecto de deprimir al menos a dos de los otros presentes. Sin embargo, también hizo que Mrs. Dalton le prestara más atención a Mr. Ossory. Al advertir la dirección en la que miraba su madre, Selina se percató de que debía hablar con ella. No quería que pensara que, si Mr. Malcolm no daba la talla, Mr. Ossory podría ser un reemplazo satisfactorio.

14

La situación no cambió mucho la mañana siguiente, pues tanto Malcolm como Selina siguieron ignorándose el uno al otro con mucha educación. Tras la comida, la joven regresó a su habitación y allí descubrió que alguien le había dejado una nota. Se recordó a sí misma que no debía emocionarse por una nimiedad como aquella, aunque lo primero que le vino a la mente al ver la nota fue que el remitente era Mr. Malcolm. Al abrirla, vio que era una invitación de parte de la anfitriona de la casa, lady Kilbourne, para enseñarle el invernadero a las dos en punto. En la invitación indicaba que Selina debía reunirse allí con ella y con el resto de sus huéspedes.

Una de las criadas guio a Selina hasta el invernadero, y se fue cuando llegaron a la entrada. En cuanto abrió la puerta, Selina se topó con una ráfaga de un aroma muy intenso. La joven se quedó asombrada ante la variedad de plantas y árboles exóticos que la rodeaban; muchas de estas especies ya habían florecido y Selina no reconocía la gran mayor parte de ellas, pues no las había visto nunca. Empezó a recorrer el primer pasillo del invernadero y al final terminó en el centro de la sala; sobre ella se extendía un alto y puntiagudo techo de cristal.

Acababa de empezar a inspeccionar esa zona del invernadero cuando se quedó paralizada al oír lo que parecía un carraspeo. Selina levantó la mirada y se encontró con la figura de Malcolm de pie junto a uno de los bancos de piedra que formaban un círculo en el centro de la estancia.

—Supongo que debo darle las gracias por esto —dijo el hombre, mientras le ofrecía un trocito de papel.

—¿Cómo dice? —preguntó Selina.

—Si creyó que podría engatusarme provocando una situación comprometida entre nosotros, debo decirle que sobreestimé su inteligencia, pues la creía mucho más lista. Si alguien nos viera aquí solos, sería una situación que apenas podría garantizarle una pedida de mano. Aunque tal vez tiene pensado arrojarse a mis brazos en cuanto reciba la señal de su cómplice. Por cierto, ¿quién la acompaña en su artimaña? ¿Miss Thistlewaite?

—No sé de qué me está hablando —contestó Selina—. Recibí una invitación en la que decía que debía ir al invernadero a las dos en punto para una visita guiada. Asumí que nos reuniríamos todos aquí. Ni por asomo lo planeé para encontrarme con usted.

—Entonces me imagino que es una mera coincidencia que yo también haya recibido una invitación.

Sin embargo, en mi papel no se hacía referencia alguna a una visita guiada. En mi invitación había escrita una perorata sin sentido sobre «una conversación que le augurará un gran provecho futuro». Ahora que lo pienso, suena bastante gótico.

—La verdad, me sorprende que se haya molestado en venir —comentó Selina.

—Despertó mi curiosidad —respondió él encogiéndose de hombros.

—Bueno, si tal es el miedo que siente por mis posibles engaños, ¿por qué no se va?

—Eso haré —afirmó Malcolm, pero se quedó inmóvil donde estaba.

—Es una delicia para mis oídos.

—¿Usted va a quedarse? —preguntó él.

—No, yo también me voy —contestó la joven—. El invernadero ya perdió gran parte de su encanto.

Selina se alejó de él haciendo aspavientos y regresando por el mismo pasillo por el que había llegado hasta allí, pero la velocidad a la que lo atravesaba era mucho mayor que antes. Sostuvo el pomo de la puerta para abrirla, pero esta no cedió. Tiró de nuevo del pomo, pero la puerta seguía cerrada a cal y canto.

Malcolm estaba justo detrás de ella observándola.

—¿Y bien? ¿Cambió de parecer?

Selina tiró una tercera vez del pomo, presa de la desesperación, pero la puerta seguía sin ceder.

—Parece que la puerta está atrancada —comentó la chica—. Debe de ser cosa de la humedad.

—Déjeme probar a mí —pidió Malcolm exaspera-

190

do, y tiró del pomo. Pero él tampoco consiguió abrir la puerta—. Está atrancada, de eso no hay duda, aunque no creo que se deba a la humedad —dijo volteándose hacia Selina con los brazos cruzados.

—Y ¿cuál cree que es la causa? —preguntó esta antes de comprender que estaba acusándola otra vez de intentar tenderle una trampa—. Cómo es... ¡Cómo es prepotente, vanidoso y presumido! ¡Antes desposo al jardinero!

—Me aseguraré de comentárselo a Thompson de su parte —respondió Malcolm. Selina no respondió, pero regresó a los asientos de piedra con aire regio y se sentó—. ¿Qué hace? —preguntó el hombre siguiéndola.

—Pues esperar a que regrese quienquiera que nos haya encerrado. Prefiero hacerlo sentada, si no le importa.

—¿Hay prevista una hora determinada de regreso? —preguntó Malcolm mientras se dejaba caer en el lugar que estaba justo enfrente de Selina.

—Por última vez, ¿podría hacer el favor de quitarse la idea de la cabeza de que estoy involucrada en este aprieto? No disfruto con el encierro forzoso, y la verdad es que me estoy cansando de vivirlo.

—Me temo que no comprendo sus palabras. ¿La han privado de su libertad en el pasado por cometer algún delito?

—Por supuesto que no. La noche del baile de máscaras, Julia me encerró en su cuarto para hacerse pasar por mí. Si resulta que ella también está detrás de esto, no disfrutará de mi perdón con tanta rapidez esta segunda vez.

—Debo decirle que al parecer tiene un gusto muy poco acertado para las amistades.

—No hace mucho que he sido consciente de esto que comenta —contestó Selina lanzándole una mirada significativa.

Al parecer, su comentario hizo mella en las reservas de Mr. Malcolm, pues en su rostro pudo observar una mirada de perplejidad y conciencia que se apresuró a esconder llevándose la mano a la boca y carraspeando. Durante un par de minutos ambos permanecieron en silencio, cada uno en su lugar, y Malcolm le lanzó un par de miradas socarronas a la joven en el ínterin.

—Bueno, si vamos a estar encerrados durante vaya a saber cuánto tiempo, podríamos conversar un rato. Hábleme de usted, Miss Dalton.

—Creo recordar que me hizo la misma pregunta durante nuestro primer paseo en calesa, y en su momento le comenté que era poco probable que satisficiera una petición tan flagrante.

—Sí, me acuerdo. No me cabe la menor duda de que, en aquel momento, solo intentaba esconder su plan.

Selina soltó un suspiro de exasperación y, después, empezó a contarle todos los detalles de su vida con sonsonete.

—Nací en Chailey, Sussex, el 28 de marzo de 1796. Mi padre era vicario, y uno de sus parientes, lord Musgrove, le cedió la vicaría donde ejerce. Soy la mayor de cinco hermanos, tanto chicos como chicas, pero uno de mis hermanos, Charles, murió a la edad de tres años víctima del tifus. Asistí a la Academia para señoritas de Miss Finch de los catorce a los diecisiete, y allí fue donde conocí a Julia Thistlewaite. Cuando cumplí los dieciocho, acepté un puesto como acompañante de Mrs. Ossory de Bath. Falleció hace unos meses y, tras su muerte, acepté la invitación de Julia de ir a Londres. Durante mi estancia en la ciudad, conocí a un caballero que me invitó a mí y a toda mi familia a su mansión de Kent, con el único propósito de atormentarme, por lo visto.

El recelo no desapareció de los ojos de Malcolm.

—Suena como si estuviera repitiendo palabra por palabra lo que le dijeron que debía decir —afirmó.

Selina contuvo el grito de exasperación y dijo:

—No pienso hablar más con usted, se acabó. Por lo que a mí respecta, podemos pasarnos las próximas dos semanas aquí sentados en silencio.

—Estoy seguro de que no nos pasaremos dos semanas encerrados en el invernadero —comentó Malcolm, pero Selina no rompió su duro silencio.

No podía saber a ciencia cierta cuánto tiempo estuvieron allí sentados (Malcolm sentado con aire despreocupado en su lugar, mientras Selina se sentaba erguida y rígida en el suyo), hasta que la joven se percató del calor que hacía en aquel lugar. Varias gotas de sudor le caían por el cuello y la espalda, y el vestido se le pegaba al cuerpo. Miró a Mr. Malcolm, quien también parecía sufrir las altas temperaturas. El hombre tenía las mejillas coloradas y, al igual que ella, parecía estar sudando.

—Había decidido no desprenderme de ni una sola prenda de ropa, por temor a cómo podría llegar a interpretarse, pero lamento comunicarle que me veo en la obligación de quitarme la chaqueta si no quiero perder la conciencia —anunció Malcolm rompiendo así el largo silencio—. ¿Me da su beneplácito?

Selina asintió con la cabeza, decidida a no romper su voto de silencio. La joven presenció cómo Malcolm se encogía de hombros para quitarse la chaqueta ceñida, y después el chaleco. Tanto había transpirado el hombre que la camisa de lino que llevaba debajo parecía casi traslúcida. Malcolm también se deshizo del pañuelo, y Selina observó fascinada un hilo de sudor bajarle poco a poco por el cuello hasta desaparecer bajo el cuello de la camisa. De pronto sintió una intensa oleada de calor y levantó una mano para darse un poco de aire.

Por lo visto Malcolm la estaba analizando con la misma meticulosidad, y al bajar la mirada Selina descubrió que el fino vestido de muselina estaba empapado en sudor. Deseó que la tela no revelase tanto como la camisa de Mr. Malcolm. Ella no podía quitarse ni una sola prenda para estar más cómoda, pues no llevaba el *spencer*, pero se deshizo de los guantes con un suspiro de alivio.

Selina se quedó sorprendida cuando Malcolm se levantó del asiento de piedra en el que estaba y empezó a pasearse de un lado a otro. En su opinión, hacía demasiado calor para realizar un gran esfuerzo como aquel, aunque lo observó lánguidamente y comprendió que el calor era tan sofocante que ya no podía seguir enfadada. En cambio, prefería pensar en lo apuesto que estaba el hombre: un mechón oscuro le caía por la frente, y la camisa y los pantalones que portaba le sentaban a las mil maravillas a su figura alta y ágil. De repente, Malcolm interrumpió su caminata y se acercó al lugar en el que estaba Selina.

—No parece estar a gusto, Miss Dalton —dijo con la voz ligeramente más ronca de lo habitual. Antes de continuar, carraspeó un poco para aclararse la garganta—: ¿Es posible que se encuentre incómoda por el calor?

Selina se olvidó de su voto de silencio, y contestó:

—Hace un calor espantoso aquí dentro —susurró.

—Hay una fuente por aquí cerca —comentó él—. Quizá, si metemos los pies en el agua, sintamos una sensación refrescante por el resto del..., es decir, quizá nos refresquemos.

Selina asintió y fue tras él hacia otra zona del invernadero, donde borboteaba una fuente de granito poco profunda, que emitía muchísimo ruido. Era una fuente enorme en forma de círculo, y era el punto fuerte de la sala en la que se encontraban. Selina pensó que jamás había disfrutado de una visión tan hermosa, y deseó que Malcolm no estuviera allí para poder remojarse algo más que los pies. Por desgracia para la joven, Malcolm seguía a su lado, así que Selina tomó asiento al borde de la fuente y se quitó los zapatos. Al girarse vio que Malcolm estaba haciendo lo mismo que ella, y se preguntó cómo iba a deshacerse de las medias con él presente. El hombre terminó con sus quehaceres y se percató de que ella lo estaba observando.

—Ahora le daré la espalda para que pueda quitarse las medias sin impedimentos —dijo al tiempo que giraba. Selina se apresuró a quitárselas; y cuando hubo acabado lo avisó.

Malcolm se había subido el bajo de los pantalones hasta las rodillas y Selina desvió la mirada al instante. El hecho de que estuvieran solos y con las piernas y los pies desnudos le resultaba demasiado íntimo. Volvió la atención hacia la fuente, se levantó el vestido a la altura de las rodillas, e introdujo los pies en el agua antes de sentarse en el estrecho saliente de la fuente.

El agua no estaba tan fría como a Selina le habría gustado, pero notar el agua sobre la piel caliente era una sensación maravillosa. Malcolm debía compartir sus pensamientos, pues dejó escapar un suspiro de satisfacción.

Selina metió una de las manos en el agua con vacilación, y se echó un poco de agua por los brazos desnudos. Se quedó pasmada cuando Malcolm apareció de pronto junto a ella ofreciéndole un pañuelo húmedo.

—Si me lo permite —dijo con la mano frente al rostro de la joven. Selina asintió y Malcolm le pasó el pañuelo por la cara, con mucho cuidado.

—¡Qué delicia! —exclamó Selina con los ojos cerrados. Pero los abrió en un santiamén en cuanto notó que el pañuelo le bajaba por el cuello. Malcolm se detuvo, con la mano apoyada sobre la base del cuello, y permanecieron en esa postura unos segundos que parecieron eternos, mirándose el uno al otro, y sus respiraciones resonaron casi tanto como la fuente. Entonces, sin saber bien cómo, acabaron en brazos del otro.

Tiempo después, Selina no recordaba cómo había ocurrido: si fue él quien dio el primer paso o si fue ella quien se abalanzó sobre su pecho. Hacía muchísimo calor, la calima les nublaba el juicio, y lo único que sabía Selina era que estaba justo donde quería estar. Al principio creyó que seguían los dos sentados al borde de la fuente, con los pies metidos en el agua, pero en algún momento se dio cuenta de que había acabado dentro de las poco profundas aguas de la fuente, con Malcolm a su lado, besándola apasionadamente.

Y esas fueron las circunstancias en las que el resto del grupo los encontró.

El subconsciente de Selina acababa de reconocer el murmullo de voces que se acercaba cuando la joven oyó que alguien gritaba su nombre. Con el cuerpo todavía pegado al de Malcolm dentro de la fuente, Selina levantó la mirada y se encontró con su madre observándola con horror.

—Mamá —dijo la joven, y cerró los ojos, con la esperanza de que, quizá, al abrirlos vería que no había sido más que una ilusión provocada por el calor. Sin embargo, cuando los abrió descubrió que no se trataba de una ilusión y que su madre seguía allí delante de ella.

Malcolm reaccionó primero y, al alejarse de Selina, casi la ahogó con sus movimientos.

—Mrs. Dalton, le aseguro que no es lo que parece —le dijo a la madre de Selina, mientras se sentaba erguido en la fuente.

Selina también se levantó mientras intentaba secarse los ojos. Cuando por fin recuperó la visión, se percató de que Julia la observaba con el terror en los ojos mientras casi todos los caballeros presentes desviaban la mirada. Selina tardó un segundo en comprobar su estado antes de zambullirse de nuevo en el agua. El vestido se le pegaba al cuerpo de la forma más indecente que podía haber, y Selina no tenía el más mínimo deseo de pasearse ante los habitantes de la casa en ese estado.

Dio gracias cuando lady Kilbourne llamó a una de las criadas y le ordenó que volviera con un par de toallas. Después la mujer se acercó a la fuente, donde Malcolm y Selina seguían sentados.

—A ver, hijo, cuéntame. Si esto no es lo que parece, ¿qué es exactamente?

—En un acto de crueldad alguien nos encerró a Miss Dalton y a mí en el invernadero, y la temperatura empezó a subir. Temíamos por nuestro bienestar, así que buscamos refugio en la fuente —explicó Malcolm con un tono serio, pero entonces se detuvo y suspiró—. A Miss Dalton y a mí nos gustaría anunciarles nuestro compromiso —dijo con resignación.

—Espléndido —contestó lady Kilbourne—. Eso es justo lo que parecía. —La mujer les dio la espalda a Selina y a Malcolm, y se dirigió al resto de los presentes—. Creo que debo quedarme junto a Malcolm y Miss Dalton mientras ustedes siguen con su visita por el invernadero. No se pierdan la zona de los naranjos —recomendó lady Kilbourne a sus invitados mientras empujaba, literalmente, a Cassie en esa dirección. El chico parecía más dispuesto a rondar por la fuente, mirando a Selina con la boca abierta.

Selina empezó a tiritar y le costaba creer que apenas unos minutos antes se estuviera abrasando de calor. En aquel momento, muerta de la vergüenza y perfectamente consciente de la sórdida imagen que estaba dando, lo que más ansiaba era desaparecer. Se llevó las rodillas al pecho, y apoyó la cabeza sobre ellas, sin levantarse del agua. Malcolm tampoco hizo ademán de salir de la fuente, aunque había logrado dejar un buen espacio entre ambos.

Lady Kilbourne, tras confirmar que sus invitados seguían su camino, se giró para mirar a Selina y a Malcolm, cada uno sentado en una punta de la fuente, empapados y desconsolados.

—Comprendo que le hayan tomado cierto cariño a la fuente, pero ¿piensan quedarse todo el día ahí metidos? —les preguntó.

Selina abrió la boca para contestar, pero se calló cuando Malcolm dijo:

—Estamos esperando a que lleguen las toallas.

—Sí, ya me imagino. Podría resultarles bastante vergonzoso salir del agua en ese estado, en todo su esplendor. Vaya, parece que llegaron las toallas.

Selina aceptó agradecida la toalla que le ofrecía un lacayo, mientras intentaba ignorar la mirada de curiosidad que este no pudo esconder. La joven se imaginó que aquella noche su aventura sería un tema candente entre la servidumbre. Mientras se levantaba, utilizó la toalla como escudo para taparse el cuerpo y, después, se envolvió con ella. Al salir de la fuente, recogió sus zapatos y las medias y, entonces, giró, lista para irse corriendo a sus aposentos.

—Miss Dalton —la llamó lady Kilbourne, impidiendo su huida—. Me imagino que no pensará irse sin despedirse de su futuro esposo, ¿verdad, querida? ¿O quizá desea un poco de privacidad? Por supuesto es perfectamente comprensible ahora que se comprometieron en matrimonio. Pero no se ponga a retozar en la fuente otra vez. No estoy segura de cuántas toallas limpias tenemos disponibles.

—Madre —dijo Malcolm—, estoy seguro de que hablo en nombre de Miss Dalton cuando digo que ambos ansiamos la privacidad de nuestros aposentos.

—Su madre no respondió, se limitó a levantar las cejas. En ese instante, Malcolm comprendió que su petición podía malinterpretarse—. A nuestros respectivos aposentos, quiero decir. Tenemos que deshacernos de la ropa mojada antes de que sean el motivo de nuestra muerte. Tendremos mucho tiempo para hablar del tema más tarde.

Selina miró a Malcolm, y no se sorprendió al ver que la observaba con una mirada asesina en el rostro. «Seguro que cree que lo tenía todo planeado», pensó Selina antes de excusarse ante lady Kilbourne y salir corriendo a su habitación.

15

Selina había planeado cambiarse el vestido sin ayuda para evitar la curiosidad de Mary, la doncella a la que le habían asignado durante su estancia en la mansión Hadley. Sin embargo, parecía que los rumores del desastre de Selina ya habían llegado a sus oídos, pues la estaba esperando en su alcoba cuando llegó y había ordenado que le prepararan un baño. Mary no dijo nada, pero la humillación de Selina fue absoluta cuando sacó un trozo de vegetación, muy probablemente un nenúfar, de su camisa.

Ya estaba bañada, casi seca y vestida cuando su madre entró a sus aposentos a la vez que Mary se iba.

—Selina, querida, ¿qué sucedió? —preguntó Mrs. Dalton en cuanto la puerta se cerró al salir la doncella. A Selina no le cupo duda de que Mary se arrepentía de no haberse inventado cualquier excusa para quedarse.

—Ay, mamá, nunca había sentido tanta vergüenza en toda mi vida. —Selina lloraba mientras escondía el rostro entre las manos.

—Sí, me imagino, pero ¿es cierto que te comprometiste con Mr. Malcolm?

Estaba claro que Mrs. Dalton consideraba aquello el evento más importante de los acontecidos aquella tarde.

—Si lo estoy, pues no quiero estarlo. Sé que cree que lo maquiné todo. Como si yo quisiera que me viera con este aspecto mi familia y casi la mitad de mis conocidos. No creo que pueda volver a mirarlos a la cara nunca más.

—Bueno, debo admitir que me sobresaltó mucho verte en un abrazo tan íntimo con Mr. Malcolm, pero, si está dispuesto a casarse contigo, eso lo arreglaría todo. Aunque, por supuesto, era evidente que iba a hacer lo correcto. Sería impensable que se negara. Tu reputación quedaría destrozada.

—Mamá, esta clase de charla no me resulta nada alentadora —objetó Selina.

Su madre se limitó a darle palmaditas en la mano antes de preguntar:

—Selina, ¿cómo es que acabaste en una fuente de entre todos los lugares posibles?

—Hacía mucho calor, en el momento me pareció una buena idea. ¡Ah, no lo sé! —gimoteó Selina a la par que se lanzaba al lecho y enterraba el rostro en un almohadón—. Por favor, excúsame de la cena —pidió con la voz amortiguada.

—Bobadas. Estás comprometida con el honorable señor Jeremy Malcolm de la mansión Hadley, en Kent. El lugar donde decida abrazarte no le incumbe a nadie. No hay necesidad de esconder el rostro en un almohadón. Creo que deberías bajar a tomar el té.

—Definitivamente no voy a bajar a tomar el té —replicó Selina antes de que la interrumpiera una llamada a la puerta.

—¿Sí? —dijo Selina.

Mary abrió la puerta en una pequeña rendija y metió la cabeza en la alcoba.

—Mr. Malcolm requiere de su presencia en la biblioteca, señorita.

—Dile que tengo un resfriado terrible —pidió Selina, pero la voz de su madre se oyó por encima de la suya.

—Dile que bajará en breve —ordenó de forma autoritaria Mrs. Dalton.

—Sí, señora —accedió Mary e hizo una reverencia antes de cerrar la puerta.

Selina se detuvo en el umbral de la biblioteca para observar a Malcolm, que estaba de pie ante la ventana. Sus cabellos, como los de ella, estaban todavía húmedos, y al verlo se sintió avergonzada a la par que emocionada. «¿Por qué no puede ser un compromiso de verdad? —pensó mientras admiraba su hermoso perfil—. ¿Por qué debe tenerme en tan mala consideración?» Entonces él se dio la vuelta y la vio parada en la puerta.

Los pensamientos de Malcolm al verla fueron igual de tumultuosos. No podía creer que hubiera caído en su trampa tan fácilmente y le enfurecía haber sido así de vulnerable. Su extrema cautela siempre lo había protegido de verse involucrado en cualquier situación comprometida, sin importar la tentación. Pero le resultaba complicado resistirse a Selina. Incluso ahora, mientras estaba allí de pie dudando entre si entrar a la sala o no con sus enormes ojos verdes llenos de temor, le sorprendió querer terminar lo que comenzaron en el invernadero. Y, por mucho que odiara caer en las redes del matrimonio, otra parte de él se regocijaba ante la noción de que, una vez casados, tendría todo el derecho a seguir explorando aquellos labios, su hermoso cuerpo...

Sacudió la cabeza para hacer desaparecer tales pensamientos y trató de reavivar su enfado con ella por haberlo involucrado en aquella retorcida jugarreta.

—Miss Dalton, pase, por favor —pidió. Selina apenas pudo contener un suspiro. Incluso después de que los vieran en un abrazo íntimo y de anunciar públicamente su compromiso, él insistía en seguir llamándola Miss Dalton.

—Hablé con su padre y aprobó nuestro compromiso. Deberíamos hablar de cuándo y dónde quiere que tenga lugar la ceremonia. Supongo que querrá casarse en la iglesia de su padre.

—¿Piensa seguir adelante con esto? —inquirió Selina.

—Por supuesto. Mi honor no me permite hacer lo contrario. Su honra fue mancillada y yo, como caballero, debo redimir su reputación. —Sonrió con sorna—.

Debo felicitarla, Miss Dalton. He evadido varios intentos de embaucarme para atraparme en matrimonio, pero jamás había conocido a nadie que empleara métodos tan originales como los suyos.

—Así que piensa que lo acontecido esta tarde era una maquinación.

—No creo que sea un accidente. Es demasiada coincidencia que nos quedáramos encerrados en el invernadero y que, después, a todos los invitados les hayan impuesto una visita al mismo lugar, exactamente una hora después, con lo que nos atraparon en una situación comprometida.

—Y debo suponer que también tengo yo la culpa de la posición en la que nos encontraron —reprochó Selina mirándolo directamente a los ojos. Le agradó que él bajara la vista ante su comentario.

—No, debo admitir que no tiene usted toda la culpa. Si hubiera sido más fuerte, podría haber evitado de pleno el incidente. Pero jamás he negado que la encuentro... sumamente atractiva y, después de todo, no soy más que un hombre —declaró Malcolm con los ojos fijos en la melena húmeda de Selina. Su voz se había agravado un poco, por lo que Selina supo que estaba pensando en el apasionado abrazo que habían compartido antes de que los descubrieran. Se apresuró a hablar antes de verse envuelta en una situación similar de nuevo. La forma en que la miraba era, sin duda, abrasadora.

—Conque ¿se espera de mí que me despose con un hombre que me guardará rencor el resto de su vida por haberle forzado a contraer un matrimonio no deseado?

—Por supuesto, me veré obligado a pasar por alto su desafortunado pasado si nos sentimos cómodos el uno con el otro —manifestó Malcolm. Selina se dijo a sí misma que le aliviaba comprobar que Mr. Malcolm ya no pensaba en el acto de hacer el amor. Su comportamiento había regresado a su previa rígida formalidad.

—Cuán generoso por su parte. Y supongo que entonces yo me veré obligada a adoptar una actitud de humilde gratitud para con su tolerancia.

Malcolm se encogió de hombros.

—Puede adoptar usted la actitud que le plazca, siempre y cuando exista un mínimo de educación y cortesía entre nosotros.

—¿Educación? ¿Cortesía? ¿Es eso lo que desea en un matrimonio? —inquirió Selina, quien comenzaba a alzar la voz.

—Si bien es cierto que en un principio esperaba más, debido a las desafortunadas circunstancias de nuestro compromiso, sé que debo conformarme con menos.

—Bueno, pues yo no estoy dispuesta a eso. No me conformaré con casarme con un hombre a quien le merezco tan deplorable opinión. Un hombre que cree que conspiré para atraparlo y jamás me permitirá olvidarlo durante todo el tiempo que convivamos juntos. Mr. Malcolm, le agradezco su amable oferta, pero me temo que debo rechazarla.

—Vamos, Selina, sabes que no puedes rechazarla.

Nos ha visto demasiada gente esta tarde. Tu reputación jamás se recuperaría.

Selina estaba demasiado disgustada para darse cuenta de que la llamaba por el nombre de pila.

—Por mí, como si nos hubiera visto toda Inglaterra esta tarde, aun así no me casaré con usted. No fue más que un beso, por el amor de Dios.

Malcolm alzó las cejas ante la manera despectiva en la que se refirió a su abrazo y murmuró:

—¿Fue solo un beso?

Pero Selina ignoró su comentario, pues seguía furiosa.

—Usted, Mr. Malcolm, es el hombre más insufrible y arrogante que jamás he tenido la desgracia de conocer. Pensaba que Julia se equivocaba al trazar un plan para humillarlo, pero ¡ahora mismo desearía haber participado de forma más activa! Aunque, cuando lo pienso, me doy cuenta de que el ardid jamás habría funcionado, pues tenía fisuras desde el principio. Verá, ella esperaba que usted se enamorara de mí. Pero durante este tiempo he descubierto que usted es incapaz de formar semejante vínculo. ¡Está demasiado enamorado de sí mismo!

Selina se dio la vuelta y salió corriendo de la biblioteca mientras ignoraba las peticiones de Mr. Malcolm para que aguardara. Lo dejó allí, en medio de la estancia.

—Maldita sea —blasfemó él a la par que entraba su madre.

—No suenas como un hombre que hace poco que está felizmente comprometido —observó ella.

—Eso es porque no estoy felizmente comprometido. De hecho, ni siquiera estoy comprometido. Acabo de recibir el rotundo rechazo de Miss Dalton.

Lady Kilbourne suspiró.

—Arruinaste las cosas, ¿no es así, Jeremy? Después de todos mis esfuerzos. Hacía una tarde demasiado calurosa para organizar una visita al invernadero.

A Malcolm le llevó un momento comprender lo que su madre estaba diciendo, pues todavía estaba dándole vueltas a la conversación con Selina. Lady Kilbourne esperó con paciencia a que captara lo que quería decir. Cuando por fin lo hizo, levantó la cabeza de golpe y centró toda su atención en ella.

—¿Qué acabas de decir?

—Dije que organicé una visita al invernadero. A las tres en punto. Supuse que les daría a ambos el tiempo suficiente a solas como para llegar a algún tipo de acuerdo. Sin embargo, incluso a mí me sorprendió encontrarlos chapoteando juntos en la fuente. Me parece que es la clase de cosa que una madre no desea ver, la verdad —reveló lady Kilbourne ensimismada—. Aunque el bueno del vicario estaba incluso más perplejo que yo.

Malcolm seguía mirándola fijamente con la mandíbula desencajada por la incredulidad.

—¿Quieres decir que fuiste tú quien organizó los eventos de esta tarde?

Lady Kilbourne sacudió la cabeza con tristeza.

—Eso mismo dije. Dos veces, creo recordar.

—¿Por qué no me lo contaste antes?

—Creía que te concedería una oportunidad para solucionarlo. Si hubiera sabido que tenías tanta prisa por estropear las cosas, ten por seguro que no habría hecho gala de semejante paciencia.

Malcolm no contestó, pero caminó hasta la ventana para dirigir una mirada vacía al césped. Su madre lo contempló durante un instante antes de preguntarle qué había hecho para disgustar a Selina.

—Ah, nada del otro mundo. Simplemente la acusé de maquinar nuestro encarcelamiento en el invernadero para que yo cayera en las redes del matrimonio.

Lady Kilbourne suspiró con gran pesar.

—Debería haberlo sabido. Mrs. Dalton me contó que ya habías acusado a Selina de formar parte de las artimañas de Julia Thistlewaite.

—Cielos, eso sí fue una acusación injusta. La sorprendí en plena mentira.

—Con toda probabilidad instigada por Julia. Es evidente que ella no tiene escrúpulos y no le importaría usar a Selina para conseguir sus propias metas. Debo admitir, Jeremy, que me has decepcionado mucho —reveló lady Kilbourne mientras lo miraba con una expresión que lo hizo sentir como si tuviera seis años. Cuando se disponía a replicar, lady Kilbourne levantó una mano para indicarle que guardara silencio—. Escúchame bien, hazme el favor. Sé de sobra que tienes una lista. Soy consciente desde hace ya un tiempo. Me complacía que te tomaras el asunto del matrimonio con tal seriedad, e incluso deseaba que tu hermano Robert hubiera mostrado una inclinación similar.

»Sin embargo, después de ver cómo trataste a Selina, empecé a preguntarme si la lista era algo bueno. Detestaba pensar que un hijo mío se había vuelto tan arrogante y prejuicioso como para creerse mejor que los demás, pero, cuando tomé en mayor consideración el tema, me percaté de que en realidad no pensaba eso de ti. De hecho, creo que tu lista tiene como objetivo actuar como defensa o como escudo, si así lo prefieres. Muchas jovencitas han demostrado sentirse atraídas por ti debido a tu fortuna, por lo que estabas obcecado en no entregar tu amor a una mujer que, a su vez, resultara ser indigna. Y me parece que eso también tuvo que ver con tu vehemente reacción hacia Selina cuando pensaste que, después de todo, te había engañado.

—Madre, sé que piensas que traté a Selina de forma injusta, y soy consciente de su inocencia en lo que se refiere al último percance, pero sigo sin estar convencido de que no tuviera como objetivo engañarme.

—Jeremy, no sabía que se te diera tan mal juzgar a las personas. Aunque es cierto que dicen que el amor es ciego, jamás he escuchado que también fuera sordo y bobo —objetó lady Kilbourne mientras sacudía la cabeza por la incredulidad—. No hace falta una mente brillante para ver que Selina Dalton no tiene ni un cabello de mentirosa en la cabeza. Jamás he conocido a una jovencita más sincera y honesta. Su único defecto en toda esta historia recae en su asociación con Julia Thistlewaite. Esa sí es una conspiradora.

Malcolm se quedó en silencio un momento, cavilando sobre lo que le había dicho su madre.

—Está claro que todo el mundo está de acuerdo contigo, pero a mí me preocupaba en exceso que le estuviera permitiendo ponerme en ridículo. Es exageradamente hermosa, ¿sabes? Quería asegurarme de que dejaba que fuera mi cabeza lo que me guiaba y no mi...

—Comprendo lo que quieres decir, Jeremy —interrumpió lady Kilbourne con una mirada amenazadora a su hijo.

—Iba a decir mi corazón, madre —se defendió Malcolm con el primer atisbo de sonrisa asomando a su rostro.

—Por supuesto que sí. Y eso mismo había pensado yo —se excusó lady Kilbourne con vigor; cambió con premura de tema de conversación—. Sé que es complicado dejar que alguien atraviese el muro que con tanta cautela levantaste alrededor de tu corazón, pero corres el peligro de perder a Selina para siempre si no lo haces. El amor no puede planearse con tanto esmero, querido. Siempre causará conmociones. Es parte de su encanto. —Lady Kilbourne alzó la mano para apartarle a su hijo el cabello de la frente. Después se aclaró la garganta antes de añadir—: ¿Y bien? ¿Qué planeas hacer?

—Pues no lo sé —admitió Malcolm, quien de repente tenía un aspecto de lo más vulnerable—. ¿Tienes alguna sugerencia?

—Te sugeriría que fueras a buscar a Miss Dalton de inmediato y le dijeras que cometiste un error.

—Dudo que hable conmigo. Estaba furiosa.

—Por descontado que lo está. Pero, si no vas a buscarla ahora mismo, no me cabe duda de que encontrará la forma de abandonar la mansión Hadley y jamás conseguirás remediarlo.

—Tienes razón. Debo ir de inmediato —accedió Malcolm.

—Bien. Porque me gustaría volver a ver a tu padre antes de las fiestas de san Miguel —afirmó lady Kilbourne; luego se dio la vuelta y abandonó la estancia—. No me importa pasar pequeñas temporadas lejos de él, ¿sabes? Es entonces cuando se da cuenta de que me tiene en alta estima, pero, si me voy durante mucho tiempo, siempre existe el riesgo de que me olvide por completo. Lord Cassidy, por favor, no entretenga a Jeremy; espero que complete un recado para mí antes de la cena —explicó la mujer mientras pasaba por delante de Cassie de camino a la salida.

Malcolm se sentó a su escritorio y señaló una silla que se encontraba frente a él.

—Si este tráfico que entra y sale de mi biblioteca continúa, tendré que reemplazar la alfombra —refunfuñó.

Cassie no se sentó, sino que se quedó de pie ante el escritorio mientras contemplaba con determinación a Malcolm.

—Vengo a ver si pretendes hacer lo correcto con Miss Dalton —exigió saber.

—Me temo que eso es tarea de su padre —discutió Malcolm.

—Es tarea de cualquiera al que le preocupe su bienestar, como yo mismo. Porque, si no pretendes hacer lo debido y desposarla, lo haré yo —declaró su amigo.

—Eso es muy noble por tu parte, Cassie, pero innecesario. Tengo toda intención de casarme con Miss Dalton si puedo convencerla de que me acepte.

—No la culparía por rechazarte. La trataste de forma deplorable. No podrías haber sido más estúpido ni aunque fueras *en dimisión.*

—¿Disculpa? —preguntó confundido Malcolm—. No entiendo qué tiene que ver dimitir con todo este asunto.

—No intentes cambiar de tema. Has estado actuando como ese tipo griego del que te disfrazaste la otra noche, *Endimisón.* Es decir, ahí está Miss Dalton, irrevocablemente enamorada de ti, y tú te comportas como si estuvieras sumido en un sueño profundo.

—Ah, comprendo. Te estabas refiriendo a *Endimión.*

—Llámalo como quieras. La cuestión es que trataste a la muchacha de forma desmesurada y no tengo intención de quedarme parado y ver cómo sigues así ni un minuto más. Siempre hemos sido amigos, Jeremy, pero me temo que no podré seguir siendo amigo tuyo si continúas tratándola mal.

Malcolm se levantó del escritorio para darle una palmada a Cassie en el hombro.

—Bien dicho, viejo amigo. Estoy de acuerdo, sin

duda me comporté de forma deplorable. Y pretendo hacer algo por remediarlo en este mismo instante.

Malcolm salió de la estancia y Cassie se quedó allí mientras se congratulaba a sí mismo por el éxito de su sermón. Se preguntó si quizá tenía futuro en la Cámara de los Lores. Si pudiera encontrarle sentido por fin a esas dichosas Leyes de los Cereales, estaba seguro de que podría escribir un discurso que cambiaría la economía del país. Se imaginó a sí mismo de pie ante sus coetáneos, dirigiéndose a ellos como el tal Antonio de la obra de Shakespeare.

—Amigos, romanos, compatriotas, prestadme atención —citó, satisfecho con cómo sonaba. Entonces cayó en que no podía utilizar la palabra *romanos* y se sentó allí durante la media hora siguiente intentando dar con un sustituto apropiado. Cuando no pudo encontrar una palabra que tuviera el mismo impacto, dio la tarea por perdida, aunque no muy disgustado por el hecho de que, después de todo, su carrera política no hubiera zarpado.

Malcolm, quien no conseguía localizar a Selina por ninguna parte, se dio cuenta de que estaría en sus aposentos. Sabía que era de todo menos apropiado que fuera a hablar con ella allí, pero, como ya estaba deshonrada sin remedio, concluyó que no importaba si prestaba estricta atención al decoro o no. Por tanto, golpeó levemente en la puerta que daba a su habitación y se quedó sorprendido cuando ella le mandó que se fuera incluso antes de saber que se trataba de él.

—Miss Dalton —dijo—, necesito hablar con usted.

Hubo un breve silencio y, después, Selina declaró sin abrir la puerta:

—Me parece que ya dijo más que suficiente.

—Por favor, Miss Dalton... Selina, quiero disculparme —informó Malcolm.

La puerta se abrió y Selina apareció ante él con los brazos cruzados sobre el pecho. No parecía estar de muy buen humor.

—Estoy esperando —azuzó.

—Sin duda no esperarás que me quede aquí en el pasillo, donde cualquiera podría pasar sin previo aviso —protestó Malcolm cuando ella no se movió ni un ápice para dejarlo pasar.

Lo miró durante un instante y luego lo dejó pasar, pero dejó la puerta abierta.

—Espero que si alguien nos encuentra se acuerde de que yo prefería que se quedara en el pasillo. No quiero que me acuse de nuevo de tentarlo para embaucarlo —advirtió Selina.

Malcolm no contestó, pues había centrado su atención en los claros signos de que estaba recogiendo sus cosas. Había vestidos apilados en el lecho y un baúl abierto en el suelo.

—¿Qué estás haciendo? —le preguntó mientras miraba la habitación consternado.

—Se llama hacer el equipaje —informó ella.

—Pero ¡no puedes irte!

—¿Y por qué no? No puede fingir que va a echarme de menos. Estaba segura de que estaría ansioso por perder de vista a una persona tan indeseable como yo.

Malcolm dio un respingo.

—Por eso mismo estoy aquí. Quería decirte que me equivocaba totalmente al acusarte del engaño. Mi madre se encontraba tras los eventos de esta tarde.

La expresión furiosa de Selina desapareció durante unos instantes para ser reemplazada por una de sorpresa.

—¿Su madre nos encerró en el invernadero? —preguntó—. Pero ¿por qué?

—Estaba empecinada en garantizar que te convirtieras en su nuera. Te admira muchísimo.

—Es un honor para mí que su madre me aprecie, pero preferiría que no lo demostrara de una forma tan inusual —objetó Selina.

—Tenía miedo de estropearlo todo, como sin duda hice —admitió Malcolm—. Por eso mismo vengo a suplicarte que me perdones.

Era una pena que la conducta de Malcolm no diera pie a pedir disculpas de forma humilde. Su aspecto era la antítesis de una «súplica».

—Cuán noble por su parte —contestó Selina.

—¿Por qué tengo la impresión de que no estás siendo sincera? —preguntó Malcolm.

—Discúlpeme, pero resulta algo complicado que a una la acusen de urdir un engaño atroz para embaucar a otra persona y, una hora después, le digan que todo queda en paz porque descubrieron que es su madre quien estaba detrás de todo. ¿También procedió a cortar lazos con ella? El honorable señor Jeremy Malcolm jamás podría soportar que lo asociaran con alguien que distara de ser perfecto, incluso aunque se trate de su propia madre.

—Selina, no lo entiendes; todavía quiero casarme contigo —reveló Malcolm.

Selina no podía creerse lo descarado que podía llegar a ser ese hombre.

—No, Mr. Malcolm, es usted quien no lo entiende. Yo todavía sigo sin querer casarme con usted. ¿De veras pensaba que podía venir, pedirme perdón y que todo lo acontecido estos últimos días desaparecería? Ya veo que está acostumbrado a salirse con la suya, pero incluso usted debe reconocer que no es tan sencillo.

—Pero ¿qué hay de tu reputación? Está mancillada sin enmienda posible.

—¡Al cuerno mi reputación! Preferiría que me consideraran una mujer sin decoro, aunque sea una exageración de los hechos en cuestión, que acabar en una relación en la que no confían en mí. ¿Y si nos casáramos y un día descubriera que sus pantuflas desaparecieron? ¡Lo más probable es que me llevase a rastras ante un juez y me acusase de robo!

—Te aseguro que jamás ocurriría algo parecido. Sé que mi comportamiento de los últimos días ha sido ofensivo. Nadie se arrepiente de ello más que yo mismo —aseguró Malcolm mientras buscaba la mano de Selina. Ella la apartó y él comprendió que estaba demasiado furiosa para escuchar sus disculpas. Aun así, no podía permitir que abandonara la mansión Hadley. Tenía que hallar la forma de convencerla para que se quedara al menos dos días más—. Comprendo por qué sientes que no puedes aceptar mi petición de mano, pero, por favor, continúa aceptando mi hospitalidad. No te sientas obligada a irte.

Selina se calmó un poco al escuchar su tono razonable.

—Gracias, Mr. Malcolm, por extender la invitación, pero en mi opinión lo mejor será que me vaya cuanto antes.

—Selina...

Ella lo fulminó con la mirada, y Malcolm comprendió que había revocado cualquier permiso implícito que hubieran acordado para que la llamara por su nombre de pila. Se corrigió a sí mismo:

—Miss Dalton, sea razonable. Quizá a usted no le importe su reputación, pero a mí me importa la mía. Si se va y no estamos comprometidos, la gente pensará que me comporté de manera deshonrosa con usted. Cielos, si hasta Cassie ya me amenazó con romper nuestra amistad si no la desposo. Si se queda unos cuantos días más, quizá una semana, y comenzamos un compromiso fingido, más tarde podremos decir que me repudió. Eso salvaría su reputación hasta cierto punto.

—O incluso podría reforzarla. Pasaría a la historia como la única mujer que lo rechazó —comentó Selina; su expresión se iluminó un poco.

Malcolm encontró muy desalentador que la idea de repudiarlo fuera lo único que pudiera hacer que esbozara una sonrisa. Se quedó callada durante un rato más mientras él aguantaba la respiración...

—Y solo durará unos pocos días —comenzó ella.

—Creo que una semana sería lo más propicio —la interrumpió Malcolm.

—Está previsto que el resto de los invitados se vayan dentro de tres días. No me parece necesario extender nuestro teatro más allá de su estancia —dijo Selina mientras lo miraba con recelo.

Malcolm se apresuró a disipar sus sospechas.

—Por supuesto, tiene razón. Había olvidado que aquella era la fecha acordada. Entonces ¿lo hará?

—Solo si queda completamente claro que fui yo quien decidió dejarle plantado a usted —pidió Selina.

—Por descontado. ¿Y se comportará como si estuviéramos prometidos? —inquirió Malcolm.

—No lo negaré si me preguntan, pero no espere que interprete a la prometida cariñosa.

—Por supuesto que no espero que lo haga —aseguró Malcolm—. Aunque, quizá, si pudiera comportarse como si no me encontrara absolutamente repulsivo, nuestro compromiso sería más creíble.

—Pero pensaba que usted no soportaba las mentiras. Sin duda no querrá que tergiverse —dijo Selina con los ojos bien abiertos.

Malcolm se dio cuenta de que los tres días venideros iban a ser más complicados de lo que jamás se habría podido imaginar.

Poco después de que Malcolm se fuera, alguien más llamó a la puerta. Selina se resistió a las ganas de gritar «váyase» y se recordó que se suponía que era una mujer felizmente comprometida. Así que acudió a la puerta para encontrarse con Julia que ya la estaba abriendo.

—Selina, me alegro de que tú y Mr. Malcolm hayan resuelto todos sus problemas. La culpa me reconcomía, pero ahora ya puedo volver a ser feliz —declaró su amiga mientras la seguía al interior de la alcoba.

Selina estaba a mitad de volver a colocar sus prendas en el armario. Continuó con su tarea mientras Julia se ponía cómoda en el banquito de la ventana.

—Me llena de alegría que ya no te pese en la conciencia —reveló Selina.

—¿Qué estás haciendo? —inquirió Julia tras ignorar el sarcasmo de su amiga.

—Estoy deshaciendo el equipaje.

—¿Deshaciendo el equipaje? ¿Cómo puedes estar haciendo eso...? Llevamos aquí más de una semana. No lo comprendo —comentó.

—Sí, bueno, había comenzado a recoger mis cosas, pero después cambié de opinión y ahora estoy haciendo lo contrario.

—¿Por qué habías empezado a recoger? No es que te fueras a ir justo después de comprometerte, ¿no? Debo decir que estoy muy satisfecha con cómo han salido las cosas. Al principio pensaba que por mi culpa las perspectivas eran poco alentadoras, pero ahora creo que tienes motivos para sentirte agradecida conmigo.

Eso era más de lo que Selina podía soportar.

—Antes de que sigas congratulándote a ti misma con demasiado entusiasmo, debes saber que Mr. Malcolm y yo solo estamos fingiendo estar prometidos hasta que termine la fiesta, momento en el cual pienso darle calabazas. —Selina esbozó una leve sonrisa—. ¿Sabes qué? Creo que es la única parte de esta aventura que voy a disfrutar.

Julia se irguió en su asiento y contempló a Selina consternada.

—¿A qué te refieres con fingir estar prometidos? ¿Por qué fingirían? Parecía que se llevaban bastante bien cuando los vimos juntos en la fuente.

Selina se ruborizó con la mención de sus actividades acuáticas y se esmeró por mantenerse ocupada con los vestidos que quedaban en el lecho.

—Ya, bueno, eso fue la gota que colmó el vaso. Tuvo las agallas de sugerir que fui yo quien organizó los eventos de la tarde para embaucarlo.

—¿Y lo hiciste? —preguntó Julia.

—¡Pues claro que no! —exclamó Selina ofendida—. Fue lady Kilbourne.

—¿De veras? Jamás habría sospechado de ella. Siempre se comporta con decoro. En realidad, la encuentro intimidante. Me preguntaba si era cosa de Cassie, pero la ejecución era tan perfecta que lo descarté de inmediato. Si hubiera sido idea suya, sin duda habría acabado él dentro de la fuente.

Para sorpresa suya, Selina se rio por el comentario de Julia. Casi de inmediato se puso seria, se tiró al lecho y lamentó:

—Ah, ¿por qué tuve que enamorarme de un hombre así? ¡Es exasperante!

—Pues yo tampoco lo entiendo. Por otra parte, yo jamás habría esperado sentirme atraída por Henry Ossory. Es muy... amable —dijo Julia arrugando la nariz con desagrado.

—Ojalá mi problema fuera la amabilidad de Malcolm, pero es justo lo contrario. No creerías las cosas que me dijo.

—Pero dijiste que lady Kilbourne los encerró en el invernadero. ¿Lo sabe Mr. Malcolm?

—Sí, fue él quien me lo contó. Se disculpó por haber sospechado de mí y afirmó que todavía quería casarse conmigo. Pero no es suficiente, Julia. Desconfía de mí y se vio obligado a casarse conmigo. No son los cimientos para una relación feliz.

—¿Sabe que querías irte?

—Sí, ahí es cuando se le ocurrió la idea del falso compromiso. Dijo que no quería que los demás pensaran que se había comportado de forma deshonrada conmigo.

—En mi opinión, solo era una excusa para conseguir que te quedes, Selina. No es que ninguno de nosotros fuera a chismorrear sobre el asunto. No, me parece que anhela esta unión mucho más de lo que crees.

—¿De veras lo piensas? —preguntó Selina llena de esperanza.

—Ciertamente. Lo cual no quiere decir que no pueda sufrir un poquito —comentó Julia con una sonrisa maliciosa.

—Julia, quizá sería mejor que no interfirieras —dijo Selina algo preocupada por aquella sonrisa.

—Sandeces. Todo saldrá bien. Confía en mí.

A Selina igual le daría fiarse de una víbora, pero asintió de forma sumisa, pues había aprendido que no valía la pena discutir con Julia.

16

Era toda una incógnita por qué Selina y Malcolm fingían que estaban comprometidos de verdad cuando casi todos los huéspedes de la casa sabían que era un engaño. Malcolm se lo había confiado a su madre quien, a su vez, se lo había contado a Mrs. Dalton, y esta había informado a su marido. Selina, por su parte, se lo había confesado a Julia, quien se lo había dicho a Henry y a Cassie. La única persona que no tenía ni idea de lo que se estaba cociendo en la casa era Mrs. Thistlewalte, aunque a la dama tampoco era un tema que le hubiera importado, pues estaba ensimismada con un bordado muy estimulante.

Sin embargo, los participantes se desvivían por fingir que desconocían la realidad del compromiso de la pareja. Durante la cena, todo el mundo hablaba del tema y, cuando se retiraron al salón principal de la mansión, la conversación siguió girando en torno al supuesto enlace que se iba a celebrar. Al menos fue así hasta que a Selina le entraron ganar de ponerse a gritar antes que contestar otra pregunta más sobre la fecha de la boda, el lugar del convite o sobre quién iba a estar invitado al casamiento.

Con sus intentos por desconcertar a Selina y Malcolm, Lady Kilbourne y Julia estaban disfrutando como jamás lo habían hecho en toda su vida. La mujer dio en el clavo cuando le sugirió a la futura pareja que se fueran por la mañana para que Malcolm pudiera presentar a sus arrendatarios a su prometida y futura esposa.

Malcolm, quien apreciaba los esfuerzos de su madre, pensó que esta estaba a punto de pasarse de la raya. La actitud de Selina distaba muchísimo de ser la de una novia dichosa por su inminente enlace, y la turbación en su rostro fue patente ante la sugerencia de lady Kilbourne.

—Puede que sea mejor hacer dichas presentaciones cuando se publiquen las amonestaciones, madre —afirmó Malcolm.

—¿Y que los arrendatarios piensen que son los últimos en enterarse del feliz enlace? —se quejó lady Kilbourne—. No, será mejor que se dirijan mañana a anunciarlo.

Malcolm miró a Selina y se encogió de hombros, un gesto con el que parecía decirle que lo había intentado, pero que no podía contradecir a su madre. Sin embargo, en el fondo le estaba agradecido. Se imaginó que, cuantas más veces presentara a Selina como su prometida, más real sería para la joven, y más difícil le resultaría poner fin al compromiso. Malcolm sospechó que esas habían sido las auténticas intenciones de su madre con su propuesta, y empezó a sentir respeto por ella. Además, fue consciente de que su pobre padre lo había tenido difícil con una esposa como ella.

Dejó a Selina y se acercó a la charola del té; allí se encontró con Julia.

—Así que Selina y usted se desposarán, después de todo —comentó la joven.

—Eso parece, sí —respondió Malcolm.

Julia sonrió ante la forma en la que el hombre le había contestado, y su actitud hizo que Malcolm se preguntara por qué sonreía tanto la joven.

—Me alegra mucho que vaya a casarse con mi amiga —confesó Julia—, pero me veo en la obligación de decirle que hay una persona que todavía no ha aceptado su compromiso.

—¿De verdad? ¿De quién se trata? —preguntó Malcolm con la esperanza de que no fuera Selina.

—Por Dios, Mr. Ossory, por supuesto. Seguro que se habrá dado cuenta de lo mucho que la admira. Me confesó que espera que mi amiga se eche atrás en su compromiso con usted, pues todavía alberga esperanzas de desposarla.

Malcolm miró a Selina, sentada a la mesa, y justo en ese momento Henry se acercó a ella y tomó asiento en el lugar que Malcolm había dejado libre. Pero el futuro novio no podía saber que así lo había orquestado Miss Thistlewaite.

—Me apena escuchar que Mr. Ossory todavía alberga esperanzas en ese aspecto, porque está destinado a la desilusión —dijo Malcolm con cierto aire de ferocidad.

—Debo admitir que yo sería más feliz si Mr. Ossory no consiguiera ese objetivo en particular —comentó Julia—. Así que me acerqué a advertirle que más vale que no cometa ninguna tontería que pudiera provocar que Selina rompiera su compromiso, pues, de ser así, ambos tendríamos un motivo para dejarnos llevar por el abatimiento.

Malcolm no hizo más que asentir, sin dejar de observar a Henry y Selina; Julia sonrió, encantada al verlo tan molesto. Pero su alegría disminuyó un poco al ver cómo el hombre regresaba con paso enérgico a la mesa y exigía que Henry le devolviera su asiento, con unos ademanes que dejaban en evidencia su enfado.

Henry se acercó a Julia totalmente perplejo.

—Le prometo que no sé qué le pasa a Malcolm. Tiene los ánimos muy exaltados, con una violencia irracional. Solo me acerqué a hablar con Miss Dalton, como usted me sugirió, y casi me arranca la cabeza. Espero que pronto solucionen sus diferencias.

—Ah, son los celos, no se preocupe. Le dije que usted todavía albergaba esperanzas de casarse con Selina, y Mr. Malcolm se está dejando llevar por un arrebato de furia.

—¿Que hizo qué? —preguntó Henry alzando un poco más la voz de lo que era habitual en él.

En cuanto Julia se dio cuenta de que todos los presentes tenían la mirada puesta en ellos, tiró de él y lo hizo salir al jardín.

—Fue un comentario inocente. Solo quería asegurarme de que valora a Selina tanto como ella se merece. Se me ocurrió que, si él pensase que usted seguía esperando entre bastidores, sería menos probable que permitiera que Selina rompiera el compromiso.

—Miss Thistlewaite, Julia, ya me cansé de que te estés inventando historias a cada rato e involucrándome en tus ridículos ardides.

Julia se sorprendió al ver que Henry estaba furioso de verdad.

—Pero, Henry... —vaciló la joven mirándolo para comprobar que no le impedía utilizar su nombre de pila. Se había emocionado al oír su nombre en labios de él, aunque al parecer lo había pronunciado con más exasperación que cariño. Al ver que Henry no decía nada, continuó—: No es un ardid; de verdad, fue todo muy inocente. Ni siquiera tuviste que hacer nada. Aunque sería de gran ayuda que le prestaras a Selina un poquito más de atención de lo normal.

—¡Lo ves! Me refiero justo a esto. Me niego a fingir que siento una atracción que no existe solo porque has estado inventando historias.

—Pero no se trata de una atracción que no existe. Claro que te sientes atraído por Selina.

—¿Así que ahora ni siquiera se me permite decidir por quién me siento atraído? ¡Por lo menos podrías dejarme decidir eso! ¿Esto te hace pensar que me siento atraído por Selina Dalton? —preguntó Henry, y estrechó a Julia entre sus brazos. Entonces le dio un beso apasionado—. ¿Y bien? —la interpeló después, pero el tono de su voz era muy diferente al que había usado hasta entonces.

—Henry —pronunció Julia susurrando acurrucada contra su pecho—. En verdad pensaba que eras un buen chico.

Henry no tuvo más remedio que volver a besarla, de una forma que era más propia de un chico malo que de uno bueno.

La situación no iba tan bien para la pareja que seguía dentro del salón principal de la mansión. Tras la partida de Henry y Julia, Selina giró hacia Malcolm y cuestionó el comportamiento de este para con Mr. Ossory.

—Ya, cómo no, me imagino que no quiere que sea descortés con ese Ossory —dijo Malcolm en un tono de lo más significativo.

—No quiero que sea descortés con nadie —replicó Selina—. Pero sobre todo con una persona que se supone que es su amigo.

—Exacto, se supone que es mi amigo, así como se supone que usted es mi futura esposa.

Selina lo miró con confusión justificada.

—Por el tono de su voz parece ser que debo deducir algo de sus palabras, pero no tengo ni idea de qué puede ser.

—Seguro que no —contestó Malcolm sin dejar el tono irónico de lado—. Usted solo está esperando que llegue el momento adecuado, ¿verdad? Esperando a poder dejarme plantado y anunciar su compromiso auténtico con Henry Ossory.

—¿Mi compromiso con Henry Ossory? —repitió Selina, y se echó a reír—. Mr. Malcolm, ya hemos superado esa etapa. Mr. Ossory ya no siente interés por mí, solo me ve como a una amiga. Estoy empezando a creer que está desarrollando ciertos sentimientos por Julia después de todo, el pobre.

—Pero Miss Thistlewaite acaba de decirme que... —dijo Malcolm, y entonces se dio cuenta de que el resto de los que estaban en el salón estaban más pendientes de la conversación entre ellos que de sus propios asuntos. La partida de cartas que estaban jugando Cassie, lady Kilbourne y los señores Dalton se había acabado de repente, y hasta Mrs. Thistlewaite había desviado la mirada de su bordado—. Ruego que nos disculpen un momento —dijo Malcolm, y tiró de Selina por la cristalera que acababan de atravesar Julia y Henry apenas unos minutos antes.

Al poner un pie en la terraza, se encontraron ante el espectáculo de los cuerpos de Julia y Henry unidos en un abrazo apasionado a apenas unos tres metros de ellos.

—¿Qué decía? —le preguntó Selina a Malcolm en voz baja para no interrumpir el beso de la pareja.

Malcolm negó con la cabeza, con incredulidad.

—No volveré a creer una sola palabra que salga de boca de esa mujer, jamás. Me pregunto si Ossory sabe en qué se está metiendo.

Selina volvió a mirar a la pareja.

—No parece importarle.

La joven emprendió el camino de vuelta al salón, pero entonces Malcolm la agarró del brazo para detener sus pasos.

—Espere —susurró—. ¿Y si damos un paseo por los jardines? Por lo visto, a nuestros amigos les ha ido bastante bien.

—Gracias por la invitación, pero se olvida de que nuestro compromiso es falso. Y debería cuidar su reputación —añadió Selina. Se soltó de su agarre y atravesó de nuevo la cristalera para entrar en el salón principal. No obstante, una oleada de alivio embargó a Malcolm en cuanto vio que una sonrisa adornaba el rostro de la joven.

—No, no me he olvidado de que nuestro compromiso es falso. Lo propuse para solucionar dicho inconveniente —dijo Malcolm en voz alta, frente a la cristalera. Entonces volteó hacia Henry y Julia, decidido a interrumpir su pequeña reunión. Era injusto que ellos estuvieran enredados en un abrazo tan íntimo mientras que él estaba solo. Se acercó y carraspeó bien alto para que lo oyeran.

Julia y Henry no se sobresaltaron con aire de culpabilidad, como ocurre siempre en las mejores novelas; en cambio, se separaron el tiempo suficiente para ver que Malcolm los estaba fulminando con la mirada. El hombre suponía que Julia se había ruborizado, pero era imposible confirmarlo bajo la luz de la luna.

—Jeremy, amigo mío —dijo Henry—. He visto que Miss Dalton y tú salieron a la terraza, pero esperaba que comprendieras nuestras ganas de estar a solas.

—Henry, me veo en la obligación de advertirte de que la mujer a la que estrechas entre tus brazos es una libertina mentirosa y embaucadora —dijo Malcolm alto y claro.

Julia soltó un grito ahogado, y miró a Henry esperando que saliese en su defensa.

—Ya lo sé, fiel amigo —afirmó Henry—, pero, bueno, gracias por la advertencia.

Julia empezó a revolverse para soltarse del abrazo de Henry.

—Eres... Eres un truhan vil, un sinvergüenza, un... un...

—Calma, querida —contestó él haciendo caso omiso de los intentos de Julia por alejarse de él—. No me dejaste acabar. Iba a decir que tengo intención de dedicar toda la vida a mantener controladas esas malas costumbres de las que haces gala.

Malcolm no comprendía cómo una afirmación semejante podía verse como algo positivo, pero al parecer surtió el efecto esperado, pues Julia cejó en sus intentos por librarse de Henry.

—¿De verdad? —preguntó la joven.

—Sí, así es —contestó Henry—. De hecho, me muero de ganas por hacerlo.

—¡Ay, Henry! —exclamó Julia mirándolo con adoración.

Resultaba más que evidente que Henry estaba a punto de posar sus labios en los de Julia, así que Malcolm desistió en sus intentos por convencer a su amigo y regresó al salón principal.

Selina se retiró a su alcoba justo después de dejar a Malcolm en la terraza, mucho más animada de lo que había estado en los días pasados. Estaba contenta por su amiga Julia, claro, pero era mayor la felicidad de ver los celos que se habían despertado en Malcolm. La joven estaba bastante segura de que su falso prometido no se habría enfadado tanto con Henry si no sintiera nada en absoluto por ella. Por primera vez desde aquel fatal baile de máscaras, Selina se permitió a sí misma ver el futuro con un poco de optimismo. Se acostó en la cama, con la mirada fija en el techo, y repitiendo en voz alta: «Mrs. Selina Malcolm, Mr. Jeremy Malcolm», riéndose sin cesar por su actitud bobalicona. Se estremeció al imaginarse los besos que le daría Malcolm, y pensó que quizá habría disfrutado de un par de esos besos si no hubiera rechazado su invitación a dar un paseo por los jardines de la mansión. Sus imaginaciones la llevaron al altar y mucho más allá, pero ni una sola vez aparecieron en sus pensamientos las propiedades o las riquezas de Mr. Malcolm. No, ella soñaba con dicho caballero; y si algunos de sus sueños le atribuían cierto rubor a sus mejillas y cierto nerviosismo en el estómago, ¿quién podría criticarla por ellos?

Tras un rato sumida en sus ensoñaciones, Selina oyó que alguien llamaba a la puerta de su cuarto y Julia entró para contarle con todo lujo de detalles cómo Mr. Ossory la había cortejado y cómo se habían prometido en matrimonio. Las jóvenes se quedaron despiertas hasta altas horas de la madrugada, entre susurros, confesiones y risitas, e incluso debatieron sobre cuál de sus pretendientes era mejor.

Al despertarse a la mañana siguiente, Selina continuaba de buen humor, y se apresuró a ponerse el traje de montar verde oscuro para salir a caballo con Malcolm. Se reunió con el resto de los huéspedes en la sala de desayuno, y fingió no darse cuenta de que la mayoría de los comensales los observaban, tanto a Malcolm como a ella, como si fueran dos animales enjaulados.

Más tarde, mientras montaban a caballo, le preguntó si le había contado la verdad a alguien de su falso compromiso.

—Solo a mi madre —dijo él—. ¿Por qué? ¿Usted se lo ha confiado a alguien?

—Julia es la única a quien se lo he dicho. Pero en el desayuno me pareció que el resto también era conocedor de la situación.

—¿De verdad? ¿Qué le dio esa impresión? —preguntó Malcolm, si bien él mismo había tenido la misma sensación mientras desayunaban.

—Pues cómo nos observaban, sus miradas... —contestó Selina encogiéndose de hombros—. Bueno, seguro que fue obra de mi imaginación.

—Seguro, sí —coincidió Malcolm preocupado; temía que Selina se negara a seguir con el falso compromiso y se fuera antes de que se cumplieran los tres días que habían acordado.

Aquella mañana, cada vez que se encontraba con alguien, Malcolm presentaba a Selina como «Miss Selina Dalton, mi futura esposa». Incluso se detuvieron ante un granjero que pasaba por allí para hacer las presentaciones, lo cual despertó las quejas de Selina.

—Mr. Malcolm, estoy convencida de que a ese hombre no le importa lo más mínimo que sea su prometida. No es uno de sus arrendatarios, y creo que ni siquiera es del condado —dijo en cuanto el granjero siguió con su camino.

—Tiene razón. Pensaba que lo conocía, pero es evidente que me confundí con otra persona.

Selina sonrió y sacudió la cabeza. No iba a pasarse con sus quejas. Debía admitir que le gustaba cómo sonaba su nombre cuando Malcolm hacía las presentaciones pertinentes. Casi parecía que estuviera orgulloso de que Selina fuera su futura esposa, de una boda real o imaginaria.

Malcolm estaba orgulloso de Selina, sin duda. Era tan hermosa, tan amable, tan fina y elegante que estaba encantado de poder decirle a la gente que era su futura esposa. Y estaba más que decidido a conseguir que el matrimonio fuera tan real en la mente de la joven como lo era en la suya. Ya había pasado día y medio de los tres días que habían acordado, así que no tenía tiempo que perder. Casi le confesó sus sentimientos al ayudarla a bajar del caballo. La joven lo miraba desde arriba, con una dulce sonrisa en los labios. Él le rodeó la cintura con los brazos y entonces le embargó el imperioso deseo de estrecharla contra su pecho, un deseo que se imaginó que se reflejaba en su mirada. Estaba a punto de dejarse llevar por la emoción cuando de pronto apareció un mozo de cuadra y Malcolm se vio obligado a soltar a la chica. Selina pareció tan decepcionada con la interrupción como él. No le quedó más remedio que acompañar a la joven al interior de la mansión.

Malcolm no se equivocaba al pensar que la interrupción también había molestado a Selina. La joven se había imaginado a punto de recibir un beso de ensueño, y la irritación se adueñó de ella al ver que siempre los interrumpían en el momento más inoportuno. Volvió a su habitación para cambiarse y ponerse un vestido de tarde, y se quedó un rato de pie frente al armario, mientras intentaba decidir qué vestido haría que Malcolm declarara el amor eterno que sentía por ella.

Selina seguía de pie frente al armario, con el traje de montar puesto, cuando oyó que llamaban a la puerta de su cuarto.

—Adelante —dijo con aire distraído sin desviar la mirada del mueble.

Supuso que era Mary y que la doncella venía a ayudarla a vestirse. Ni siquiera se dio la vuelta, así que se llevó una sorpresa mayúscula al reconocer la voz de Cassie:

—Selina, debes acompañarme ahora mismo.

—¿Qué? —preguntó Selina volteándose para mirarlo. Lord Cassidy parecía sumamente inquieto; retorcía las manos por la preocupación—. ¿Ocurre algo?

—Me temo que sí. No tengo tiempo de contarte los detalles, pero debes bajar conmigo a las caballerizas de inmediato. —Cassie la agarró por el codo y la guio a través de la puerta y por las escaleras.

El joven era mucho más alto que Selina, y los largos bajos de su traje de montar le dificultaban la marcha; ni se acordó de hacer preguntas sobre la urgencia del hombre: estaba demasiado concentrada en no tropezar con el bajo de la falda y romperse el cuello.

—Cassie, ¿podrías dejar de empujarme? Estoy a punto de caerme de cabeza por las escaleras —dijo Selina exasperada.

—Debemos darnos prisa —respondió él mientras la arrastraba por el vestíbulo de la entrada y bajaba los escalones. Delante de ellos había una calesa de dos caballos y un mozo de cuadra los sujetaba.

—¿A qué se debe tanta prisa? No me has dicho qué ocurre. ¿Acaso uno de los caballos está enfermo? —Selina sabía que, en muchas ocasiones, Cassie se preocupaba más por los caballos que por las personas, aunque no llegaba a comprender cómo pensaba él que ella podría ayudarle.

—No, es algo mucho peor. Julia huyó.

—¿Cómo que «huyó»? ¿Adónde fue?

—No lo sé. Seguro que es otra de sus artimañas.

Pero si no conseguimos que vuelva, y enseguida, echará a perder su oportunidad de desposar a Ossory. Él no tiene muy buena opinión de sus maquinaciones.

Mientras Cassie hablaba, empujaba a Selina a entrar a la calesa. La joven no deseaba salir de la mansión, mucho menos para partir en una misión imposible para encontrar a Julia. Pero Cassie hizo caso omiso de sus protestas y, antes de que pudiera darse cuenta, el primo de su amiga dirigía a los caballos por la entrada a la casa, hacia la carretera principal.

—Pero, si no sabes dónde está Julia, ¿adónde nos dirigimos nosotros?

—A una posada de Tunbridge Wells. Lo mencionó anoche; creo que podremos encontrarla allí.

—Y ¿qué sentido tiene? Anoche hablamos largo y tendido y no me comentó nada de su partida. ¿Por qué se iría sola y pondría en riesgo su reputación cuando está tan cerca de prometerse a Mr. Ossory?

—¿Por qué haces tantas preguntas? —dijo Cassie enojado—. Ya te dije que no lo sé. Nunca he sido capaz de entender la mente de Julia. Solo sé que siempre está maquinando planes estúpidos para hacerme la vida imposible.

Selina debía reconocer que el joven tenía razón, pero seguía pareciéndole extraño que Julia no le hubiera confiado nada sobre el tema en su conversación nocturna. Aun así, era evidente que Cassie no tenía ganas de hablar, por lo que dejó de preguntar. Sin embargo, Selina observó que Cassie no había tomado el camino que los llevaría a Tunbridge Wells. Iban en dirección a Londres.

—Cassie, te equivocaste de camino —avisó.

—¿Cómo? No, creo que no. ¿Por qué no disfrutas de las preciosas flores que dejamos atrás?

—Estoy muy segura de que te equivocaste de camino. Por aquí vamos a Londres. Tendrías que haber tomado ese desvío para ir a Tunbridge Wells. He visto la señal.

—Sé adónde voy. ¡Por Dios, mira los rosales! —dijo señalando las azaleas.

Selina estaba frustrada y no se podía creer lo que estaba escuchando. Ni siquiera sabía por qué había permitido que un patán como aquel la hubiera convencido de acompañarlo en calesa. La joven se estiró, se hizo con las riendas de los caballos y tiró de ellas con todas sus fuerzas.

—¡Selina! —gritó Cassie mientras los caballos se empinaban confundidos—. ¿Acaso intentas matarnos? No hagas eso.

Selina sabía que esa sería su única oportunidad de escapar. El suelo parecía estar muy lejos, pero Londres también, y la joven no tenía la menor intención de pasar varias horas de viaje con Cassie hasta llegar a la ciudad. Así que, antes de que los caballos recuperasen el ritmo al que galopaban, Selina se puso en pie encima de la calesa, lista para saltar.

—¿Qué estás haciendo? —gritó Cassie dando el alto a los caballos con una mano al tiempo que se aferraba a la espalda del vestido de Selina con la otra.

La joven sintió un fuerte alivio al comprender que no iba a tener que saltar en movimiento. Al ponerse en pie, la distancia con el suelo le pareció incluso mayor.

—No pienso irme contigo a Londres, Cassie. Así que explícame ahora mismo qué está pasando aquí.

Cassie suspiró, y se pasó una mano por la ya despeinada melena.

—¡Mujeres! —exclamó indignado—. Jamás hacen caso de lo que uno les dice.

—Si mal no recuerdo, no llegaste a decirme nada —dijo Selina tomando asiento.

—Lo hice por tu propio bien, ¿no lo entiendes? Dejé una nota. Los demás pensarán que nos fugamos para casarnos. Les dije que, como Malcolm no estaba dispuesto a honrarte, yo lo haría en su lugar.

—¿Que hiciste qué? —preguntó Selina con incredulidad—. ¿Por qué?

—Julia me contó que el compromiso no era más que una farsa. Y se me ocurrió que Malcolm solo necesitaba un poco de ayuda para salir del escollo en el que estaba. Ahora que sabe que Ossory tiene predilección por Julia, necesitaba a un hombre que despertara los celos de Malcolm. Y yo lo haré con mucho gusto.

—¿Julia y Henry estaban enterados o esto fue solo cosa tuya?

—Fue idea mía y solo mía —afirmó Cassie mirándola con una expresión presumida.

—Estupendo, pues; si bien te agradezco tu preocupación por mi persona, me cuesta pensar que secuestrarme en plena tarde acaso vaya a inducir a Malcolm a proponerme matrimonio. Lo más probable es que crea que no es más que otro intento por mi parte de engañarlo, y eso hará que vuelva a desconfiar de mí.

—Caramba, no se me había ocurrido.

—Ya, bueno, por suerte todo quedó en nada. Será mejor que demos la vuelta y volvamos a la mansión —indicó Selina.

Cassie parecía algo decepcionado ante la sugerencia de la joven. El lord había pensado que fugarse para contraer matrimonio, aunque no fuera verdad, era un acto gallardo. No deseaba ser un hombre dócil y regresar a la mansión Hadley para pasar la tarde tomando el té en el salón de la casa. Él era un hombre de acción.

Selina, quien notó la decepción en su amigo, añadió:

—Tal vez puedas enseñarme a conducir la calesa en el camino de vuelta a casa.

Cassie se animó un poco ante el comentario de su amiga. Podía imaginarse a sí mismo llegando a la entrada de la mansión Hadley, mientras rodeaba a Selina con los brazos con maestría y la muchacha llevaba las riendas de los caballos. Entonces Malcolm tendría que tomar cartas en el juego y prestar más atención.

—De acuerdo. Es menester que aprendas; de lo

contrario, lo más seguro es que acabes matando a alguien. La primera lección que puedo darte es que nunca debes tirar de las riendas si hay otra persona conduciendo —le explicó a Selina, al tiempo que se devanaba los sesos para encontrar una forma de asegurarse de que Malcolm los viera juntos.

17

Cassie no podía creerse su buena fortuna. Quiso la suerte que Mr. Malcolm saliera de la mansión justo cuando él y Selina accedían al camino de entrada. Selina había progresado en sus lecciones hasta el punto de ser capaz de sostener las riendas sin su ayuda, pero, cuando atisbó a Malcolm en la distancia, Cassie la rodeó de inmediato en un fuerte abrazo y colocó las manos sobre las suyas.

A Selina le tomó por sorpresa este repentino movimiento por parte de su amigo. Se retorció mientras trataba de poner distancia entre los dos.

—¿Qué estás haciendo? —preguntó a la par que volteaba para mirarlo.

—No me prestes atención —dijo Cassie, que ojeaba en dirección a Malcolm y trataba de ver su reacción—. Sigue conduciendo.

—No puedo conducir cuando te tengo encima de mí de esta forma. Estás llevando a los caballos hacia la dirección equivocada. ¡Cassie! —vociferó cuando miró hacia delante y se percató de que iban directos al lago.

Cassie se dio la vuelta cuando Selina gritó y tiró con fuerza de las riendas. Pudo hacer que los caballos giraran en el último momento, con lo que el carruaje no entró en el agua, pero la rueda se hundió en el suelo húmedo que rodeaba el lago y se inclinó hacia un lado, de forma que ambos cayeron dentro del agua turbia.

El agua era poco profunda y no viajaban a mucha velocidad, por lo que Selina no salió herida, pero se quedó atónita al verse despedida de repente dentro del lago. El lugar en el que aterrizó estaba lleno de lodo y se atascó aún más por su larga falda. Intentó ponerse en pie, tropezó, cayó de espaldas y aterrizó sobre su trasero. Cassie se encontraba más o menos a medio metro de ella y se dio cuenta de que aquello con lo que había tropezado era su pierna. No había hecho ademán de moverse, parecía que todavía no se había recuperado de la conmoción de encontrarse de pronto dentro del lago. Antes de que pudiera intentar levantarse por segunda vez, Malcolm entró en escena.

Los observó en silencio durante un instante con un semblante serio.

—¿Acaso esto es un extravagante ritual de apareamiento para ti, Selina? —inquirió.

—Eso no tiene ni la menor gracia —contestó ella mientras se esforzaba por ponerse de pie.

—No trataba de ser gracioso. No estoy de humor para hacer broma alguna, ya que he descubierto que la mujer con la que me comprometí huyó con otro hombre.

Selina cesó en su forcejeo para mirarlo con incredulidad.

—No creerá de veras que iba a fugarme con Cassie.

Cassie se ofendió con el cariz de sus palabras.

—No hace falta insultar. Muchas jovencitas no dejarían escapar la oportunidad —murmuró, pero tanto Selina como Malcolm lo ignoraron.

—Debo admitir que al principio lo encontraba inverosímil, pero entonces te vi prácticamente en sus brazos mientras conducías, ¿qué se suponía que debía pensar?

—Eso —aportó Cassie con una gran sonrisa por el éxito de su plan, pero una vez más lo ignoraron.

—Que su amigo el enajenado me había raptado y estaba decidido a tirarme al lago —declaró Selina.

—En realidad, eso último no entraba en mis planes —objetó Cassie.

—Ah, los dos, hagan el favor de callar y que alguno me ayude a salir de este lago.

Malcolm sintió remordimientos al instante. No había creído de verdad que Selina se hubiera fugado con Cassie, por supuesto, la idea era ridícula; pero no podía evitar sentir punzadas de celos cuando veía a su mujer en brazos de otro hombre. Sabía que se estaba comportando con una posesividad primitiva, pero no parecía poder hacer nada por remediarlo. Si Selina no consentía en casarse con él pronto, no le cabía duda de que en lo venidero comenzaría a conversar con gruñidos y a darle una reprimenda con un palo a cualquier hombre que mirara a la muchacha.

Se acercó cuanto pudo al agua y extendió una mano hacia Selina. Estaba tan ocupado recriminándose su falta de caballerosidad que no vio su sonrisa maliciosa y el brillo travieso que iluminaba sus ojos antes de que tirara de él.

Malcolm se quedó atónito al verse apoyado sobre las manos y las rodillas dentro del agua fría con el rostro risueño de Selina a tan solo unos centímetros del suyo.

—Pero ¡qué malvada! —exclamó mientras intentaba agarrarla con las manos llenas de lodo.

La risa de Selina se convirtió en un gritito, pero Malcolm se limitó a salpicarle con un poco de agua en la cara y fingir que iba a hundirla. Cuando vio que Cassie también se estaba riendo de él, lo salpicó con todas sus ansias. En un abrir y cerrar de ojos, los tres se encontraban en una feroz batalla de agua mientras Selina se reía y soltaba grititos, completamente ajenos a la audiencia que habían atraído.

Hasta que lady Kilbourne dijo con mucha calma:
—Veo que vamos a necesitar más toallas.

Fue entonces cuando detuvieron sus payasadas y miraron a su alrededor.

Lady Kilbourne estaba de pie en la orilla del lago junto a Mr. y Mrs. Dalton, Julia y Henry. Todos contemplaban al trío en el agua con expresiones que variaban de la diversión a la consternación. Lady Kilbourne volvió a interrumpir el silencio para preguntar:

—Jeremy, ya sé que Selina y tú están comprometidos, pero ¿quién va a hacer lo correcto con lord Cassidy?

Selina se arregló con premura y bajó las escaleras para unirse a los demás. A los pies de la escalera la esperaba Malcolm, quien le contó que, como la nota de Cassie se le había enviado directamente a él, nadie más se había enterado de la fuga fallida y que deberían informar a los demás de que le estaba dando una clase de conducción cuando el accidente tuvo lugar y los lanzó al lago.

—¿Le ha contado Cassie el porqué de la tentativa de fugarse conmigo? —preguntó Selina con algo de temor. No quería que Malcolm supiera que había sido otra artimaña para atraparlo.

—Porque le abrumaba tu belleza, por supuesto. ¿Qué otra razón iba a haber? —contestó sin darle mucha importancia. Selina pensó que habría averiguado la verdadera razón, pero no parecía molestarle. Parecía como si por fin estuviera comenzando a confiar en ella.

Antes de que Malcolm pudiera decir más, los interrumpieron, por lo que se unieron a los otros en la comida.

La totalidad de los invitados se reunían en el salón después de la comida y fue cuando Malcolm decidió que era hora de ponerse manos a la obra. Se giró hacia Selina y le preguntó si tendría a bien acompañarlo a dar un paseo por los jardines. Le sorprendió ver a su madre negar con la cabeza de forma vehemente a la par que Selina asentía con la suya.

Cuando se excusó con Selina para ir a hablar con su madre, oyó que Mrs. Thistlewaite decía:

—Selina, querida, quizá lo mejor sería que te mantuvieras alejada de cualquier tipo de masa acuática durante tu paseo, más que nada por esos desafortunados accidentes. Por supuesto, tú sabrás mejor que nadie lo que debes hacer, pero ten cuidado de no acercarte mucho.

No escuchó la respuesta de Selina, pues había llegado al lado de su madre y esta había empezado a hablar, pero claro que captó una risilla mal disimulada proveniente de Julia.

—Jeremy, querido, ¿qué vas a hacer? —le preguntó lady Kilbourne a su hijo.

—Voy a pedir la mano de Selina en matrimonio. Esta vez de la forma correcta.

Su madre pareció consternada.

—Jeremy, no creo que lo hayas pensado lo suficiente. No puedes salir con Selina a la terraza sin más y avasallarla con esa pregunta, sobre todo después de lo acontecido hasta el momento. Necesitas un gran gesto, una hazaña romántica que demuestre lo mucho que la amas. —Lady Kilbourne se pausó con un dedo sobre el mentón—. Quizá podrías componer una canción —sugirió finalmente.

—Madre, no voy a componer ninguna canción y tampoco pienso malgastar más tiempo en estrategias elaboradas cuando la joven a la que amo va a abandonar mi casa pasado mañana y quizá pierda las pocas esperanzas que me quedan. Aprecio toda tu ayuda hasta este instante, pero de ahora en adelante puedo apañármelas yo solo.

—Debo admitir que de momento tu habilidad en los cortejos no me impresiona mucho, pero supongo que tienes razón al confiar en tus instintos. —Su madre no sonaba muy convencida.

—Agradezco los ánimos —dijo Malcolm, y después se alejó de ella.

Durante la apresurada conversación con su madre en un rincón del salón, Mrs. Dalton se había acercado a Selina por el otro costado.

—Selina, debo decirte algo antes de que salgas a pasear con Mr. Malcolm —reveló.

—¿Sí, mamá?

Mrs. Dalton parecía algo incómoda.

—Verás, cielo, sé que tú y Mr. Malcolm afirman estar prometidos, pero lady Kilbourne me comentó en la más estricta confidencialidad, por supuesto, que en realidad es una farsa y que rechazaste su proposición. Bueno, no te disgustes con ella —pidió Mrs. Dalton cuando Selina comenzó a hablar—, pensaba que debía saberlo y creo que hizo lo correcto al contármelo. Es más, me pregunto por qué no me lo contaste tú misma. —Mrs. Dalton levantó la mano cuando Selina hizo ademán de volver a hablar—. Carece de importancia, tu padre y yo lo hemos comentado y hemos decidido que tratabas de no herir nuestros sentimientos...

—¿Tu padre? —repitió Selina, quien por fin pudo colar un comentario—. ¿Papá también lo sabe?

—No podía ocultarle esta clase de información. Puede que tú lo hicieras sin ninguna clase de escrúpulos, pero... sea como fuere —continuó Mrs. Dalton cuando estuvo claro que Selina se estaba impacientando—, quería aconsejarte que aceptes a Mr. Malcolm si vuelve a pedirte la mano en matrimonio. Sé que lo admiras, así que no consigo comprender por qué no lo aceptaste a la primera. Soy consciente de que algunas damas pueden considerar moderno rechazar la primera proposición de un caballero, pero debo admitir que no esperaba este tipo de comportamiento por tu parte. Y si rechazas otra propuesta, puede que no haya una tercera.

—Tengo toda la intención del mundo de aceptar en esta ocasión, mamá, así que no tienes que preocuparte en lo que a ello concierne —aseguró Selina.

—¡Maravilloso! —exclamó Mrs. Dalton—. Entonces no tengo más que decir, excepto que espero que disfrutes del paseo y que, hagas lo que hagas, no permitas que Mr. Malcolm te obligue a meterte en el agua.

La mala suerte quiso que Malcolm regresara al lado de Selina justo a tiempo para escuchar el último comentario de Mrs. Dalton, pero fue valiente y se abstuvo de reconocerlo. Se puso lo más inexpresivo que pudo y se dirigió a Selina para ofrecerle su brazo.

—¿Nos vamos?

Se habían dado la vuelta para salir de la estancia cuando Cassie sorprendió a todos los presentes al decir:

—Caramba, vaya que es un buen día para pasear. Creo que los acompañaré.

Malcolm se giró para lanzar una mirada asesina a su amigo.

—No lo invitamos.

Cassie se sintió satisfecho con el éxito de su estrategia. Estaba claro que a Malcolm le carcomían un poco los celos. Pero el lord pensó que todavía necesitaba un leve empujón.

—Me atrevería a decir que puedo pasear si me apetece. Esto no es un baile, no creía necesitar una invitación formal. ¿Por qué guiñas el ojo, Malcolm? ¿Acaso se te metió algo?

Julia acudió al rescate de Malcolm antes de que pudiera contestar, dejándolo muy sorprendido.

—Cassie, por favor, guarda silencio. Está claro que Mr. Malcolm y Selina no desean compañía en su paseo. —Antes de que Malcolm pudiera agradecerle su amable intercesión, se levantó del asiento en el que estaba junto a Henry para caminar hasta ellos y decirle algo en privado que Selina pudo escuchar perfectamente—: Si está pensando en llevar a Selina a un sitio menos concurrido para pedirle la mano en matrimonio, creo que, como amiga suya que soy, debo advertirle de sus cualidades menos deseables, como usted fue tan amable de hacer con Henry anoche.

Aquello sobrepasó los límites de Malcolm. Con una voz extremadamente controlada que, aun así, conseguía delatar su frustración, anunció a todos aquellos que se encontraban en la sala:

—Por favor, ¿serían tan amables de darme un momento de privacidad para que pueda pedirle la mano a mi prometida?

En el breve silencio que siguió a la dolorosa súplica de Malcolm, una nueva voz habló:

—Yo diría que, si la dama es tu prometida, ya llevaste a cabo ese menester en concreto.

De pie en el umbral de la puerta del salón se encontraba un elegante caballero de cabellos canos.

—Lord Kilbourne —dijo lady Kilbourne—, qué sorpresa tan agradable.

Lord Kilbourne se acercó a su esposa y se llevó una de sus manos a la boca.

—Querida mía, esperaba que lo fuera.

—¿Trajiste a Robert y a mi tan encantadora nuera contigo? —inquirió lady Kilbourne.

—No, no lo hice —contestó el hombre.

—Eres el esposo más considerado del mundo —lo aduló ella.

No cabía duda de que Selina y Malcolm no podían ir a dar un paseo cuando el padre de él acababa de llegar, así que Malcolm rechinó los dientes y llevó a cabo las presentaciones.

—No soy de naturaleza supersticiosa —le susurró Malcolm a Selina cuando ya hubieron hecho las presentaciones—, pero estoy comenzando a pensar que hay un destino funesto que conspira en nuestra contra.

—Creo que el problema no es quien conspira en nuestra contra, sino aquellos que conspiran en nuestro favor —le contestó Selina entre susurros y Malcolm se rio.

Selina no se sentía decepcionada en exceso por los eventos acontecidos aquella tarde. Por supuesto, habría preferido disponer de algo de privacidad con Malcolm, pero como él había anunciado públicamente sus intenciones de pedirle la mano, no le cabía duda alguna de que su falso compromiso se había convertido en realidad. Y también, cuando Malcolm agarró su mano con todas sus fuerzas y no mostró señal alguna de apartarse de ella, se sintió tan satisfecha como podría estarlo alguien que todavía no había escuchado una declaración formal de las intenciones de su amado.

18

Selina y Malcolm no disfrutaron de un momento a solas hasta después de la cena. Cuando consiguieron esa privacidad, Malcolm acompañó a Selina a través de la cristalera que llevaba a la terraza y nadie puso ni una sola objeción al respecto.

—Como puedes observar, no sugerí que demos un paseo por el lago, por uno de los estanques, que fuéramos al invernadero o a cualquier otro lugar en el que pueda haber una masa de agua —le dijo Malcolm a Selina.

A Selina le entró una risa tonta, pero no se le ocurrió ninguna respuesta, pues de pronto la timidez se adueñó de ella. Se dio cuenta de que ni siquiera podía mirar a Malcolm a los ojos, y permaneció en silencio, con la cabeza gacha, mientras jugueteaba con el lazo del vestido, nerviosa.

—Selina —continuó Malcolm; posó uno de los dedos justo debajo de la barbilla de la joven y le alzó la cabeza para que lo mirase a la cara—, me gustaría darte una explicación por la forma tan lamentable con la que te traté al descubrir la pequeña maquinación de Julia. —Soltó una risilla nerviosa—. Si te soy sincero, no es eso lo que me gustaría hacer en realidad, sobre todo cuando estás tan cerca de mí, pero te mereces oírla.

—Creo que entiendo tu reacción —dijo Selina, y le acarició el rostro con una mano—. No debe resultar sencillo confiar en alguien cuando descubres que te ha engañado durante tanto tiempo.

—En parte ese fue el motivo de mi comportamiento, pero solo en parte. La verdad sea dicha, sentí una oleada de alivio al encontrar una excusa para desacreditarte, por muy raro que suene. Al amar a alguien, surge cierta sensación de... inseguridad. Llevaba tantísimo tiempo protegiéndome de esa clase de vulnerabilidad que me asaltó el miedo a dejar que alguien se acercara tanto a mí. Entonces, cuando me encontré con una excusa para no dejarte ser partícipe de mi vida, la aproveché. Para mí era más fácil pensar que eras igual que las otras mujeres, en vez de permitir que alteraras mi vida. Pero, al final, fue mi madre quien me hizo ver que el amor nos altera la vida.

—Por cómo lo dices, parece una enfermedad de los intestinos o un accidente de calesa —dijo la joven.

—Y luego mi madre dice que yo soy poco romántico —dijo Malcolm negando con la cabeza—. Por favor, recuerda que no fui yo quien mencionó una enfermedad de los intestinos en plena pedida de mano.

—No es menester que me pidas la mano. Después

de escuchar cómo me presentabas como tu futura esposa por décima vez me quedó claro que era real.

—Así que mi pequeño plan funcionó, ¿verdad?

—¿Tu plan? —Selina se alejó un poco de Malcolm y se llevó las manos a la cintura—. Ahora entiendo que creyeras que era capaz de cometer toda clase de traiciones. Es evidente que te has permitido elaborar varias maquinaciones diferentes: desposorios falsos, mentiras y tretas, y unos cuantos trucos con tu pañuelo.

—Debo admitir que ese último fue mi treta favorita. Es toda una lástima que no tenga a mano un pañuelo húmedo ahora mismo —confió Malcolm con una sonrisa pícara. Después, la atrajo a su pecho para darle un abrazo que demostrara que tal engaño ya no era necesario—. Selina —continuó tras unos minutos de silencio—, me estás distrayendo. Se supone que debería estar declarándome y pidiendo tu mano en matrimonio.

—Ya te dije que es innecesario. Ya tenemos la boda planeada. Para el caso, podría seguir... distrayéndote —sugirió Selina, y le sostuvo la cabeza para que la mirara.

Malcolm apartó las manos de la joven, que le rodeaban el cuello, y las mantuvo bien alejadas de su cuerpo.

—Por muy tentadora que sea una propuesta como esa, insisto en que me permitas seguir con la pedida. No quiero que en cada discusión que tengamos saques a relucir que nunca tuviste una pedida de mano como Dios manda.

—Mi querido Jeremy, espero que no creas que esto es una pedida como Dios manda —dijo Selina tras haber conseguido liberarse de su agarre, e intentó volver entre sus brazos.

—Aléjate de mí, mujer —dijo Malcolm un par de besos después—. Esta no es la clase de comportamiento que me habría esperado de la hija de un vicario. —Malcolm se alejó trastabillando de la joven, y tendió una mano entre ellos para mantener la distancia—. No, debes estar a un metro de distancia. No me hago responsable de tu seguridad si te acercas a mí.

Selina se mantuvo a un metro del caballero.

—Te escucho, Jeremy. Acabo de darme cuenta de que esta quizá sea la última oportunidad que tenga para tener una pedida de mano, ya sea como Dios manda o no.

Malcolm se percató de que no soportaba estar tan lejos de la joven; se acercó a ella y la tomó de la mano.

—Selina, eres todo lo que siempre busqué en una mujer, todo lo que podría haber deseado en una esposa. Tú eres «la mayor felicidad que este mundo puede crear», tergiversando a Johnson. Me harías el hombre más dichoso del mundo si aceptaras casarte conmigo.

—Ay, Jeremy, ha sido precioso. Cuánto me alegro ahora de que hayas insistido tanto en hacerlo —dijo Selina, y se llevó la mano de él a la cara.

—Selina, pero todavía no hemos acabado. Tienes que aceptar mi propuesta.

—Vaya, perdóname. Por supuesto que me casaré contigo. Es lo único que he ansiado desde la primera vez que nos vimos en la biblioteca durante el baile de Mrs. Harrington. Supongo que yo también te debo una explicación por mi comportamiento.

—No es necesario... —dijo Malcolm, pero Selina lo interrumpió, y le tapó la boca con la mano.

—No, quiero aclararlo todo de una vez por todas. Cuando llegué a la ciudad y Julia me propuso formar parte de su plan para humillarte, la verdad es que la idea nunca me atrajo, pero no miento al decir que creía que se quedaría en nada, así que acepté. En realidad Julia no me dejó otra elección, y yo estaba convencida de que un caballero tan quisquilloso como el que ella me describía jamás se fijaría en alguien como yo. Así que le seguí el juego, pero después de conocerte en persona, intenté desvincularme de su ardid. Julia se disgustó muchísimo conmigo, e intentó convencerme de que te merecías un trato semejante. Así que me decidí por otra alternativa: intenté incumplir uno de los requisitos de tu lista. Dije que no poseía talento musical.

—Ah, así que eso explica lo confuso que fue tu comportamiento aquella noche, durante la velada en casa de las Thistlewaite —comentó Malcolm.

—No funcionó, como resulta evidente, pero debes creerme cuando te digo que no quería participar en las tretas de Julia. Cuando insistió para que participara en su plan al llegar a la mansión Hadley, me negué rotundamente. Julia se enfadó mucho cuando me negué, y eso es decir poco, y fue entonces cuando siguió adelante con su propio plan.

—Ya me había imaginado que la historia iría por

esos derroteros, Selina, y me disculpo por haber desconfiado de ti. —Malcolm empezó a atraerla hacia su cuerpo pero, de pronto, se detuvo y se llevó la mano a la chaqueta—. Espera, casi me olvido, quería enseñarte una cosa —dijo él sacando un trocito de papel.

—¿Qué es eso? —preguntó Selina mirándolo—. Ay, no, no me digas que esa es la dichosa lista.

—No, no, para nada. Es una lista nueva que redacté hace dos días, cuando me di cuenta de qué era lo que de verdad ansiaba encontrar en una mujer.

Selina empezó a leer la lista, pero no consiguió leer más que los tres primeros puntos antes de que se le llenaran los ojos de lágrimas. Leyó:

1. Es perfectamente imperfecta.
2. Me hace reír.
3. Me perdona por ser un idiota descerebrado.

Cuando Selina se recompuso los dos regresaron al salón principal. Malcolm se aclaró la garganta, les pidió a los presentes que le prestaran atención y anunció que Selina le había concedido el honor de aceptar su propuesta de matrimonio. Se oyeron un par de susurros de felicitaciones y, después, todo el mundo volvió a centrar toda su atención en sus propios asuntos.

—¿No me oyeron? —preguntó Malcolm mirando a Selina confundido.

—Sí, querido, lo sabemos. Están comprometidos.

Nos lo anunciaste hace apenas dos días —dijo lady Kilbourne—. Ahora, tomen asiento, por favor.

—Pero ahora estamos comprometidos de verdad.

—Se comprometieron de verdad hace dos días, amigo, pero no se habían percatado de ello —dijo Henry—. No obstante, me gustaría aprovechar el momento para anunciarles que Mrs. Thistlewaite me dio su beneplácito para desposar a su hija, así que nosotros también vamos a casarnos —anunció Mr. Ossory, y se llevó la mano de Julia a los labios.

El anuncio de Henry despertó un murmullo de emoción y de felicitaciones que provocó que Malcolm y Selina se percataran de que su historia ya era cosa del pasado. Aun así, felicitaron a sus amigos de corazón, y Selina le dio un gran abrazo a Julia.

—Me alegro muchísimo por ti —dijo.

—Gracias, Selina. He estado pensando y, como lo más probable es que Henry y yo estaremos junto a ustedes en el altar cuando se casen, y que ustedes lo estarán cuando nos casemos nosotros, creo que deberíamos casarnos juntos. ¿Qué te parece? —preguntó Julia.

Selina vio que su prometido negaba con la cabeza con vehemencia justo detrás de su amiga.

—No sé, Julia, no estoy segura de que una boda doble sea una buena idea —respondió Selina.

—Ay, Selina, no me seas sosa —se quejó Julia.

19

Por supuesto, Julia se salió con la suya: programaron la boda para comienzos de otoño, unos meses después, y Mr. Dalton oficiaría la ceremonia. Al principio, Julia había querido una boda con la alta sociedad de Londres, pero Henry pudo convencerla de lo contrario incluso después de que Selina y Malcolm fracasaran en el intento.

Invitaron a Gertie, a la que Selina tenía intención de presentarle a un pariente algo ordinario de Malcolm que había conocido hacía poco. Se sintió bastante satisfecha al enterarse de que no era la única que tenía familiares vergonzosos y bromeó con su prometido sin mostrar piedad alguna; incluso llegó a decirle que no estaba segura de si podrían llevar a cabo el enlace ante semejante escandalosa revelación.

Lady Kilbourne estaba presente cuando Selina se burlaba de Malcolm por su primo y ella misma metió el dedo en la llaga.

—No sé por qué Jeremy fingía estar por encima de ti en ese aspecto. A uno de sus tíos tuvieron que desterrarlo junto a un cuidador a una propiedad remota en Cornwall, pues siempre estaba ebrio. Cualquier intento de reparar sus borracheras terminaba en desastre y, cuando apareció en una cena habiendo olvidado que no estaba... vestido para la ocasión, si entiendes lo que quiero decir, lo dimos por perdido para siempre. Él bebió con mucha alegría hasta caer muerto, aunque lord Kilbourne insistió en que lo visitáramos dos ocasiones aquel año antes de que falleciera. Fue muy desagradable. No estaba acostumbrado a la compañía femenina, por lo que era afectuoso en exceso cuando trataba conmigo. E insistía en llamarme Kitty sin importar cuántas veces le explicara que no me llamaba así.

—Lo estás inventando —le reprochó Malcolm.

Lady Kilbourne pareció sorprendida.

—Te aseguro que no. Tenías cuatro años cuando falleció, por supuesto que no te acuerdas de él. Y no es la clase de pariente de la que una presume. —Lady Kilbourne se dio la vuelta para dirigirse a Selina, quien se esforzaba por aguantar la risa—. Querida mía, aún no es tarde para reconsiderarlo. Todavía tienes que conocer a tu futura cuñada, ¿sabes?

—Le agradezco la preocupación, lady Kilbourne, pero no soy tan quisquillosa como Jeremy.

—Y menos mal —dijo la madre de Malcolm—. Si lo hubieras sido, quizá no habrías consentido en casarte con él.

Malcolm miró a su madre lleno de reproche.

—¿Acabaste de hacer trizas mi reputación delante

de mi prometida? ¿O quieres darle a conocer alguna de mis fechorías infantiles?

—No me cabe duda de que Selina te repite miles de veces al día lo maravilloso que eres. No te hace ningún daño escuchar lo contrario —objetó lady Kilbourne.

—Bueno, hoy solo me lo ha recordado unas novecientas veces, así que si tienes a bien concedernos algo de privacidad, puede que lo escuche más —le dijo Malcolm a su madre mientras señalaba la puerta.

Lady Kilbourne se levantó de su asiento mientras mascullaba que, si tan poco grata era su compañía, iría a buscar a lord Kilbourne.

—Porque hoy todavía tiene que decirme aunque sea una vez lo maravillosa que soy —bromeó a la par que salía de la estancia.

Malcolm apenas esperó a que saliera antes de rodear a Selina con los brazos y hacerla girar por la sala.

—Jeremy —protestó Selina sin aliento—, ¿qué estás haciendo?

Malcolm no contestó, sino que la besó hasta que le faltó todavía más el aliento.

—Mi madre tenía razón, ¿sabes? Si tuvieras un poco de sentido común, te darías cuenta de que puedes aspirar a más. Ni siquiera yo cumplo con los requisitos de mi propia lista.

—¿Quieres decir que tienes parientes vulgares y que no tienes talento musical? —inquirió Selina con sorpresa—. Debemos cancelar la boda de inmediato.

—Yo no diría que no tengo ningún talento musical —se quejó Malcolm.

—Puede que tú no lo admitas, pero te escuché cantar ayer en la iglesia —aseguró Selina.

—Pequeña traviesa —dijo Malcolm mientras la abrazaba con más fuerza—. No debería haber mencionado la lista.

—No, me alegro de saber en qué me estoy metiendo antes de que estemos unidos de forma irrevocable. Estoy empezando a comprender el valor de esas listas tuyas —comentó Selina mientras se apartaba de Malcolm con aire pensativo.

—Fue todo una idea espantosa —admitió Malcolm, quien intentaba volver a rodearla con los brazos.

—Pero me encantaría saber qué opinión te merecen las Leyes de los Cereales —inquirió Selina con expresión solemne, pero la risa asomaba a sus ojos—. He empezado a pensar que no eres lo bastante serio, lo cual augura una personalidad inestable.

—Has estado hablando con Cassie —afirmó Malcolm—. ¿Acaso todas las sandeces que he dicho o hecho se han anunciado al mundo entero?

—Quizá pueda tomar prestada la lista que Julia te dio cuando fingía ser yo —declaró Selina a la par que ignoraba el comentario de Malcolm—. No habrás guardado una copia, ¿verdad?

—Mi amada —dijo Malcolm, quien comenzaba a tener un aspecto fiero—. Para mí se acabaron todas las listas menos una. Es la lista de las cosas que necesito completar, y en la actualidad hay un requisito que está en lo más alto. Por desgracia, es algo que tendrá que esperar hasta nuestra noche de bodas.

Selina le sonrió.

—Esa lista es la más interesante que has redactado hasta la fecha.

Requisitos para ser
la esposa de Jeremy Malcolm

1. Que sea afable y sosegada.
2. Que sea bella tanto de semblante como de cuerpo.
3. Que sea cándida, franca e inocente.
4. Que converse de manera juiciosa.
5. Que se eduque a sí misma mediante la lectura exhaustiva.
6. Que sea de naturaleza compasiva.
7. Que sea benévola y altruista.
8. Que sea elegante y con buenos modales.
9. Que posea talento musical o artístico.
10. Que tenga parientes refinados en la alta sociedad.